KJB

Gillian Philip lebt mit ihrem Mann, ihren beiden Kindern und sehr vielen Haustieren in Schottland. In Deutschland hat sie bisher fast alle ihre Kinder- und Jugendbücher unter Pseudonym veröffentlicht, unter anderem schreibt sie für ›Beast Quest‹ und als Teil des Erin-Hunter-Teams die ›Survivor Dogs‹.

Bisher erschienen:

Die Geheimnisse von Ravenstorm Island – Die verschwundenen Kinder
Die Geheimnisse von Ravenstorm Island – Das Geisterschiff

Weitere Bände sind in Vorbereitung.

Weitere Informationen zum Kinder- und Jugendbuchprogramm der S. Fischer Verlage, auch zu E-Book-Ausgaben, gibt es bei *www.blubberfisch.de* und *www.fischerverlage.de*

Gillian Philip

Die Geheimnisse von Ravenstorm Island

Das Geisterschiff

KJB

MIX
Papier aus verantwortungsvollen Quellen
FSC® C083411

Erschienen bei FISCHER KJB

Die englische Originalausgabe erschien 2015 unter dem Titel
Mysteries of Ravenstorm Island. The Ship of Ghosts bei Orchard Books, London

Series created by Working Partners Limited

Für die deutschsprachige Ausgabe:

Umschlaggestaltung und Kapitelanfangsvignette: Punchdesign
Satz: Pinkuin Satz und Datentechnik, Berlin
Druck und Bindung: CPI books GmbH, Leck
Printed in Germany
ISBN 978-3-7373-5214-7

Für Jamie,
der früh Erfahrungen als Pirat gesammelt hat
und jetzt ein erstklassiger (und gesetzestreuer) Seefahrer ist

1

Schloss Ravenstorm hob sich so deutlich gegen den strahlend blauen Himmel ab, dass Molly Cornell jeden einzelnen Wasserspeier zählen konnte, der auf den hohen Zinnen kauerte. Sie schirmte die Augen gegen die Sonne ab und lächelte zu den fratzenhaften Steinfiguren zwischen den Türmchen hinauf, bevor sie sich mit einem kurzen Blick vergewisserte, dass ihr kleiner Bruder Jack beschäftigt war. Der kontrollierte gerade zum wiederholten Mal den Inhalt seines Sandeimerchens.

»Schaufel, Rechen, Sieb«, murmelte er vor sich hin. »Rechen, Sieb, Schaufel …«

»Im Moment sind alle Wasserspeier an ihrem Platz, Arthur«, flüsterte Molly ihrem Cousin mit einem Augenzwinkern zu und nickte hoch in Richtung Dach. »Wirklich alle!«

So einen schönen und nebellosen Morgen gab es nur selten auf der Insel Ravenstorm. Molly und Jack waren erst seit ein paar Wochen hier bei ihrem Cousin und ihrer Tante und ihrem Onkel, aber sie hatten sich schon an das wechselhafte Wetter gewöhnt. Die letzten paar Tage hatte es dauernd geregnet, deshalb hatten die Kinder sich die Zeit damit vertrieben, die vielen Zimmer und dunklen Gänge des Schlosses zu erkunden. Es war wirklich aufregend gewesen, abgelegene Zimmer voller uralter Bücher zu durchstöbern, die man kaum noch entziffern konnte, Wendeltreppen zu erklimmen, die mit Spinnweben verhangen waren, und in Kammern voller Schätze zu stolpern, die in finsteren Korridoren verborgen lagen. Trotzdem: Jetzt, wo das Wetter umgeschlagen war, freuten sie sich wahnsinnig auf den Tag draußen an der frischen Luft und waren extra früh aufgestanden. Wie gern wäre Molly jeden Tag schwimmen gegangen und hätte den Strand, den dichten Wald und die verwilderten Gärten von Schloss Ravenstorm erforscht. Zumindest so lange, bis die Wolken wieder aufzogen.

»Gefällt mir, wie die Wasserspeier da oben in Reih und Glied hocken«, antwortete Arthur. Und so leise, dass Jack ihn nicht hören konnte, fügte er hinzu: »Sogar die, die manchmal auf Wanderschaft gehen …«

Molly grinste, als sie an das Geheimnis ihres Butlers mit dem zerfurchten Gesicht dachte, das sie und Arthur teilten. Aber Jack zerrte ungeduldig an ihrem Arm.

»Komm, Molly!«, befahl er. »Wir wollen doch zum Strand.«

»Wir gehen ja schon, kleiner Zauberer.« Arthur nahm Jack an der Hand und winkte seinen Eltern fröhlich zu, die auf der ausladenden Steintreppe vor dem Schloss standen. Jack tat es ihm nach.

»Tschüs, Onkel Bill! Tschüs, Tante Catherine! Tschüs, Baby Harriet!« Er befreite seine Hand aus der seines Cousins und marschierte eimerschwingend los, so schnell, dass Molly und Arthur rennen mussten, um ihn einzuholen. Offensichtlich würde er keine weitere Verzögerung dulden.

»Viel Spaß am Strand!«, rief Onkel Bill ihnen nach.

»Und passt auf euch auf«, fügte Tante Catherine hinzu, die die schreiende Harriet auf dem Arm wiegte.

»Wenn du wüsstest, Mum«, murmelte Arthur, und Molly kicherte.

Sonnentupfer sprenkelten die gewundene, lorbeerumrankte Auffahrt von Schloss Ravenstorm, und es war bereits richtig heiß, obwohl es erst neun Uhr war. An einem solchen Morgen, dachte Molly schaudernd, könnte man leicht vergessen, was für unheimliche Wesen hier auf der Insel leben – all die Trolle und die schlechtgelaunten Meerjungfrauen. Ganz zu schweigen von der geheimnisvollen Kreatur, die angeblich in Arthurs Gartenteich wohnt.

Und die Finsterflinks erst! Vor ihrem inneren Auge sah sie das eigentümliche Schattenreich tief unter den Wurzeln der knorrigen Eiche auf den Klippen, das sie und Arthur vor nicht allzu langer Zeit durch die Höhle am Strand betreten hatten. Unwillkürlich fröstelte sie, als sie an die dürren geflügelten Wesen dachte, denen sie dort begegnet waren. Die Kreaturen waren mit Speeren aus Rosendornen bewaffnet gewesen – und mit Zauberkräften, mächtig genug, alle Kinder auf der Insel in Stein zu verwandeln. Nein, die würde sie bestimmt nicht so bald vergessen …

Arthur deutete mit dem Daumen zurück auf die Reihe

von Wasserspeiern. »Also ist Mason wieder an seinem Platz«, bemerkte er. Dieses Mal konnte er lauter sprechen, weil Jack vorausrannte. »Vielleicht will er ein Nickerchen machen, jetzt, wo alles wieder ruhig und friedlich ist.«

»Na ja, warten wir mal ab, wie lange es so bleibt«, erwiderte Molly lachend. Als sie herausgefunden hatten, dass der griesgrämige Butler der Wolfreys in Wahrheit ein lebendiger Wasserspeier war, hatte sie das ziemlich schockiert – aber nach ihrem Abenteuer mit den fiesen Finsterflinks konnte sie nichts mehr so richtig erschrecken.

»Irgendwie hoffe ich, dass es nicht *zu* ruhig und friedlich wird«, sagte Arthur verschmitzt. »Sonst langweilen wir uns noch, jetzt, wo wir die Ravenstorm-Kinder vor der ewigen Versteinerung bewahrt haben.«

»Pssst! Nicht, dass Jack dich noch hört!« Molly war sicher, dass ihr kleiner Bruder sich nicht mehr daran erinnerte, wie er von den Finsterflinks versteinert worden war, aber sie wollte seinem Gedächtnis lieber nicht auf die Sprünge helfen.

Trotzdem musste sie Arthur recht geben – zu viel Ruhe war langweilig, und so schlecht war die ganze Aufregung nicht gewesen. Immerhin hatte sie mit Magie zu tun gehabt, und Molly hatte sich immer gewünscht, dass Magie mehr wäre als nur Geschicklichkeit und Tricks mit Zauberrequisiten wie bei den Auftritten ihrer Eltern. Jeden Sommer tourten die *Unglaublichen Cornells* durch das ganze Land und ließen Molly und Jack so lange bei Freunden oder Verwandten. Schloss Ravenstorm, das neue Zuhause ihrer Tante und ihres Onkels, war bisher das beste Ferienziel, denn hier hatte Molly herausgefunden, dass es wirkliche, echte Magie gab.

Und obwohl das ziemlich unheimlich gewesen war, hoffte sie, dass sie bald noch mehr davon sehen würde. Die kleinen Finsterflinks hatten mit ihren Zauberkräften die Inselkinder entführt und in Steinstatuen verwandelt, und Miss Badcrumbles Zauberkräfte hatten alle Eltern vergessen lassen, dass sie je Kinder gehabt hatten. Sie hatte es nur gut gemeint und den Eltern den Schmerz über den Verlust ihrer Kinder ersparen wollen, aber durch ihren Fluch hatten Tante Catherine und Onkel Bill sich auch geweigert zu glauben, dass der versteinerte Jack überhaupt jemals existiert hatte.

Die blätterbeschattete Auffahrt des Schlosses mündete in eine breite Allee, und nach einem knappen Kilometer konnten sie in der Ferne die Dächer und Schornsteine und den unverwechselbaren Kirchturm von Crowsnest erkennen, dem einzigen Dorf auf der Insel. Eine steile Straße, die ihre Beinmuskeln herausforderte, führte die Kinder schließlich zur Hauptstraße. Auf der schien heute mehr los zu sein als sonst: Touristen und Einheimische eilten von Geschäft zu Geschäft, aßen Eis oder schossen Fotos von den schönsten Gärten und Häuschen des Ortes. Während Jack weiter vorausrannte, winkte Arthur Mrs Chambers zu, die den Kopf aus ihrem Souvenirladen gesteckt hatte, um in der klaren Morgenluft ein wenig Sonne zu tanken.

»Guten Morgen«, rief sie ihnen zu und blinzelte, als sie

sich eine Haarsträhne aus dem Gesicht wischte. »Ist das heute nicht ein wunderbares Wetter?«

»Morgen, Mrs Chambers«, antworteten Molly und Arthur im Chor.

»Seid ihr auf dem Weg zum Strand? Ihr Glücklichen!«

Arthur grinste und winkte noch einmal zum Abschied, während Jack zu ihnen zurückgeflitzt kam.

»Da ist schon die Seegrasgasse. Los, schneller, Molly!«, rief er und stürmte wieder davon.

»Na, da freut sich aber einer«, frotzelte Arthur, als sie in die Seegrasgasse einbogen, eine gewundene Kopfsteinpflastergasse, die zum Strand hinunterführte. Trotz des steilen Gefälles hingen zwischen den Pflastersteinen Sand und kleine Büschel getrocknetes Seegras, die von den Wellen heraufgespült worden waren. »Wow, das Meer kommt hier ganz schön weit hoch!«

»Vielleicht ist das letzte Woche passiert, als das Wetter so schlecht war«, überlegte Molly. »Kein Wunder, dass Jack so aufgeregt ist – nach dem vielen Regen hab ich schon gedacht, die Sonne würde überhaupt nicht mehr rauskommen!«

»Nee«, antwortete Arthur. »So stürmisch war es dann auch wieder nicht – bloß grau und nass. Vielleicht liegt das Seegras schon länger hier. Na ja, egal – hoffentlich bleibt es jetzt so schön wie heute.« Er hielt glücklich seufzend das Gesicht in die Sonne. »Ich will noch viel mehr von der Insel erkunden.«

»O ja, ich auch.« Molly grinste, als die Straße endete und

sie in den Sand sprangen. Fröhlich schleuderten sie ihre Schuhe von den Füßen. Jack hatte schon angefangen, weiter unten am Ufer ein Loch zu buddeln, wurde aber im nächsten Augenblick von einem Gezeitentümpel in der Nähe abgelenkt. Er stieß einen begeisterten Entdeckerschrei aus, warf sich auf den Bauch und tauchte die Hände hinein.

Arthur seufzte. »Die armen Krabben …«

»Jack, ich hab deine Schwimmflügel«, rief Molly. »Geh nicht ohne sie ins Wasser, okay?«

»Pff, ich will gar nicht in das doofe Wasser«, rief Jack. »Hier sind Krabben!«

Arthur verdrehte bedeutungsvoll die Augen. »Siehst du?«

Molly lachte. »Also, ich will auf jeden Fall ins Wasser. Mal sehen, wie lange es dauert, bis er neidisch wird.«

Molly und Arthur trugen ihre Schwimmsachen schon unter den Kleidern, deshalb schlüpften sie einfach aus ihren Jeans und T-Shirts, warfen sie auf den nächsten Felsen und rannten dann jauchzend ins Meer. Das Wasser war so kalt, dass Molly die Luft wegblieb, aber das war nur der erste Schock: Sobald sie sich an die Temperatur gewöhnt hatte, fühlte es sich ganz angenehm an. Nach ein paar schnellen Schwimmzügen drehte sie sich auf den Rücken und schaute in den blauen Himmel, während sie sich faul von den Wellen treiben ließ. Seemöwen kreisten schreiend über ihr, und vom Kliff konnte sie das Gekreische der Papageientaucher und Klippenmöwen hören. Sie schloss die Augen und ließ sich von der Sonne wärmen.

Plötzlich platschte ihr Wasser ins Gesicht, und sie fuhr prustend hoch. Arthur kicherte und spritzte ihr noch einen Schwall entgegen.

»Ist das nicht toll?«

Molly lachte und schickte einen großen Spritzer zurück in seine Richtung, traf allerdings nur seine Beine, denn ihr Cousin war schon wieder untergetaucht und vollführte einen gekonnten Unterwasserhandstand.

Sie musste grinsen. Noch vor ein paar Wochen hätte sie sich wahrscheinlich über Arthurs Neckerei geärgert, aber Kinder vor fiesen Finsterflinks zu retten hatte sich als großartige Methode erwiesen, Freundschaft zu schließen. Mittlerweile waren Arthur und sie zwar über die Anfangsschwierigkeiten hinweg, aber ihr frecher Cousin verdiente trotzdem eine Rachedusche, beschloss Molly. Sie wartete im seichten Wasser auf ihre Chance – irgendwann musste Arthur schließlich wieder auftauchen …

Genau in diesem Moment bemerkte sie eine flackernde Bewegung in der Ferne. Sie zog die Augenbrauen zusammen und starrte auf den Fleck am Horizont.

»Hey, du willst doch wohl nicht aufgeben, oder?«, tönte es da genau hinter ihr.

Molly drehte sich um. »Ach, Mist! Jetzt hätte ich dich erwischen können.«

»Tja, Chance verpasst.« Ihr Cousin schwamm träge zu ihr herüber. »Was ist los?«

»Da hinten, siehst du?« Molly musste die Augen gegen die

Sonne abschirmen. »Sieht aus wie ein altes Schiff. Du weißt schon, so eins mit Segeln und hohen Masten.«

Vielleicht war es aber auch nur eine optische Täuschung, überlegte Molly, und das Schiff war nur eine Lichtspiegelung. Denn als sie die Augen zusammenkniff, um es schärfer sehen zu können, verschwand es einfach. Molly blinzelte und rieb sich das nasse Gesicht.

»Wo ist es hin?«, fragte Arthur, der das seltsame Schiff offenbar auch gesehen hatte. »Zurück hinter den Horizont?«

»Ich ... glaube schon.« Molly war verwundert, aber eine andere Erklärung gab es nicht.

»Hey!« Jack planschte im knietiefen Wasser und deutete in die Ferne. »Das Schiff da hat sich in Luft aufgelöst! Einfach so!«

»Jack!«, schimpfte Molly und schwamm auf ihren kleinen Bruder zu. »Komm ja nicht weiter rein ohne deine Schwimmflügel!«

Doch Jack zeigte sich unbeeindruckt von Mollys Ermahnungen. »War das Zauberei?«, fragte er mit großen Augen. »Es ist einfach verschwunden.«

»Das war bloß eine optische Täuschung.« Trotzdem spürte Molly leise Zweifel in sich aufsteigen. »Ein Trick. So was, wie Mum und Dad auf der Bühne machen.«

Jack ließ sich nicht beirren. »Aber wieso sollte jemand ein Schiff wegzaubern?«

»Niemand hat ...«, fing Molly entnervt an, aber Arthur tippte ihr auf die Schulter und zeigte aufs Meer hinaus.

»Wir sollten besser raus aus dem Wasser, Molly.« Ihr Cousin klang enttäuscht. »Das war's wohl wieder mit dem Sommer.«

Und tatsächlich hatten sich von einer Sekunde auf die andere dicke Wolken gebildet, und Molly spürte an den Wangen, dass der Wind merklich aufgefrischt hatte. Als sie sich umwandte, war der Horizont genauso plötzlich verschwunden wie vorher das Schiff. Der vertraute Ravenstormnebel zog auf, eine trübe, feuchte Wand aus weißen Wolken, die sich schnell über das Meer schob. Jetzt wurde auch noch das Wasser unruhig. Eine große Welle erfasste Molly und setzte sie ein Stückchen weiter wieder ab; die unerwartete Kraft der Strömung verursachte ihr ein flaues Gefühl im Magen.

»Du hast recht, Arthur«, sagte sie trübselig und schwamm hinter ihrem Cousin her zum Ufer, gegen den Sog der abfließenden Wogen.

Ihre Knie stießen auf Sand, und sie und Artur stolperten aus dem Wasser. Molly packte den widerspenstigen Jack an der Hand, während sie zu ihren Kleidern rannten. Ihr kleiner Bruder hatte es gut: Er hatte seine Klamotten gar nicht erst ausgezogen, sondern war einfach in seinen Shorts ins Wasser gewatet. Molly und Arthur aber mussten sich schnell abtrocknen und sich in ihre sandigen Jeans und T-Shirts winden, die unangenehm an ihrer feuchten Haut klebten.

»Uh!«, rief Arthur, als die ersten dicken Regentropfen sie trafen. Er schnappte sich seine Turnschuhe und sprintete mit eingezogenem Kopf durch den mittlerweile strömenden Regen zur Straße. Dann griff er nach Jacks Hand und zog ihn auf die Betonrampe, die den Anfang der Seegrasgasse bildete. Molly kletterte hinterher, bevor sie einen Blick zurück aufs Meer warf.

Wie konnte das Wetter nur so schnell umschlagen? Das erinnerte sie unbehaglich an jenen Tag vor ein paar Wochen oben auf dem Kliff, als sie Jack an die jähzornige Königin der Finsterflinks verloren hatten. Damals war der Nebel auch ganz ohne Vorwarnung aufgezogen. Molly gewöhnte sich zwar allmählich an das wechselhafte Wetter auf der Insel Ravenstorm, aber es war trotzdem ärgerlich.

Jetzt toste das Meer, Wellen schlugen krachend an den Strand und zerrten am Sand. Der Wind heulte, während er die Möwen so heftig hin und her schleuderte, dass sie wie weiße Stofffetzen über den Himmel flatterten. Donner polterte in der Ferne, und Regen prasselte auf die Kinder herab. Es war sinnlos, sich irgendwo unterzustellen, sie waren sowieso schon nass bis auf die Haut.

»Da! Ein Boot!«, rief Jack und zog an Arthurs Hand, damit der sich wieder umdrehte. »Schau!«

»Da ist bestimmt kein – Oh!« Molly schlug sich die Hände vor den Mund. »Arthur!«

Die drei starrten erschrocken durch die Regenwand. Jack hatte recht: Das geheimnisvolle Schiff mit den hohen Masten war zwar nirgendwo mehr zu sehen, doch da draußen im wütenden Wasser war eindeutig ein Boot. Es wurde von den turmhohen Wellen umhergeworfen und von seinem losen Segel auf die Seite gezerrt. Die Kinder hielten den Atem an. Das Wasser schlug bereits über Bug und Deck. Sie sahen zu, wie das Boot einen Halbkreis beschrieb und dabei immer mehr Schlagseite bekam.

»Die stecken in Schwierigkeiten«, rief Molly. »In richtig großen Schwierigkeiten!«

»Wir müssen Hilfe holen«, rief Arthur. »Das ist nur ein kleines Segelboot! Die gehen unter, wenn wir nichts tun!«

»Kommt schnell«, schrie Molly über den heulenden Wind und die donnernden Wellen hinweg. Sie packte Jacks freie Hand und zog ihn zusammen mit Arthur weiter, so schnell sie konnten, die Seegrasgasse hinauf.

»Wohin?«, keuchte Arthur. »Wem sollen wir es sagen?«

»Na dem, der im ersten Haus wohnt, das wir finden. Los!« Molly zerrte Jack hinter sich her. »Ich hab keine Ahnung, wo die Küstenwache ist, aber die Leute hier wissen es bestimmt!«

Links von ihnen kam ein rostiges Eisentor in Sicht. Arthur stieß es auf und rannte den Gartenweg entlang. Molly folgte ihm, und Jacks kurze Beine flogen nur so über den Boden, um hinterherzukommen. Hoffentlich ist das Haus nicht an Touristen vermietet, betete Molly – die würden nämlich garantiert auch nicht wissen, was jetzt zu tun war. Und dann müssten sie weitersuchen und würden kostbare Zeit verlieren … nicht auszudenken!

Als die Kinder dann aber schwer atmend vor der windschiefen Behausung standen, war Molly erleichtert. Das hier sah nicht nach einem Ferienhaus aus, dafür waren die weißgestrichenen Wände zu verwittert, und es lag zu viel Treibgut im Garten herum. Kurz befürchtete Molly, dass das Häuschen vielleicht verlassen sei, doch als Arthur den Türklopfer in Tintenfischform ergriff und heftig draufloshämmerte, wurde die Tür beinahe sofort aufgerissen.

»Was in Dreiteufels…?« Die junge Frau im Türrahmen hatte zerzaustes kurzes Haar und schaute die Kinder aus erschrockenen grünen Augen an. »Rein mit euch, ihr werdet –«

»Nein!«, unterbrach Molly sie atemlos. »Da draußen … ein Boot … in Seenot!«

»Können Sie Sergeant Garland verständigen?«, flehte Arthur. »Gibt es hier eine Küstenwache? Bitte, machen Sie schnell!«

Die junge Frau geriet erstaunlicherweise überhaupt nicht in Panik. Ihr Gesichtsausdruck war ruhig und entschlossen. »Ich weiß was viel Besseres!«, sagte sie und drehte sich um. Einen Augenblick lang dachte Molly, sie würde ihnen und dem peitschenden Regen die Tür vor der Nase zuschlagen. Stattdessen schnappte sie sich jedoch eine Regenjacke von der Garderobe, warf Molly ein zusammengerolltes orangefarbenes Bündel zu und rannte an ihnen vorbei nach draußen.

»Zum Anleger«, rief sie über ihre Schulter hinweg. Die braunen Haare klebten ihr bereits am Kopf. »Ich habe ein Motorboot. Ist die beste Möglichkeit – und die schnellste!«

Die drei stürmten hastig hinter ihr her, die Seegrasgasse wieder hinunter, nur dass sie dieses Mal am Ende nach rechts abbogen, anstatt auf den Strand zu springen. Vor ihnen befand sich ein kleiner Bootssteg, der nass und gefährlich rutschig aussah, aber die junge Frau rannte unbekümmert weiter. Ein Motorboot war daran festgemacht. Sie sprang in die offene Kajüte, und keine Sekunde später erwachte der Motor dröhnend zum Leben.

Molly und Arthur, die mit Jack im Schlepptau viel langsamer waren, erreichten das Boot erst, als sie bereits die Halteleinen löste und vorsichtig vom Steg wegsteuerte. Jack fest an den Händen, schauten sie ihr beklommen zu. Die junge Frau wirkte jedoch kein bisschen beunruhigt, sondern grinste breit und zwinkerte ihnen zu.

»Macht euch keine Sorgen«, rief sie. »Ich bin übrigens Charley!«

Mit diesen Worten drehten Charley und das kleine Boot bei und fuhren in einer Woge aus weißer Gischt durch die hohen Wellen aufs offene Meer hinaus. »Wo ist das andere Boot?«, schrie Molly und suchte hektisch das tosende Wasser ab. »Ist es noch da? Arthur, kannst du es sehen? O nein, ich glaube, es ist weg!«

»Nein, da ist es!« Arthur schnappte nach Luft. Als der nächste Wellenberg sich auftürmte, kam das kleine Segelboot erneut in Sicht – zumindest sein weißer Kiel. Es war bereits gekentert, etwa hundert Meter vor der Küste, und zwei Gestalten in grellroten Schwimmwesten klammerten sich verzweifelt an den Rumpf. Wieder schlugen die Wellen über ihnen zusammen, und einer der beiden hätte beinahe den Halt verloren, aber der Zweite streckte die Hand aus und zerrte ihn wieder zurück.

»Na los, Charley, wer auch immer du bist«, murmelte Molly. »Du musst sie retten.«

Charley ließ sich allerdings Zeit. Sie drosselte den Motor, und ihr Boot hüpfte wie ein Spielzeug auf dem Wasser, während es langsam zur Leeseite der umgekippten kleinen Yacht trieb. Sie warf den beiden Seglern einen Rettungsring zu, den einer der beiden unbeholfen ergriff, dann zog sie an der daran befestigten Leine.

Molly hielt den Atem an. Sie würde den Schiffsrumpf bestimmt nicht loslassen wollen, auch wenn er jederzeit untergehen konnte, doch die beiden Segler schienen Charley zu vertrauen. Der erste löste seinen Griff und zog den anderen mit sich. Ein paar qualvolle Minuten lang wurden sie hilflos hin und her geworfen, und die Wellen schlugen über ihren Köpfen zusammen, aber Charley holte sie langsam und sicher zu ihrem Boot. Sie hatte das Ende der Leine um eine Klampe geschlungen, so dass die beiden nicht abtreiben konnten.

Molly spürte, wie Arthurs Finger sich fest in ihren Arm gruben. Ihr Cousin hatte also genauso viel Angst wie sie. Endlich wurden die beiden Schiffbrüchigen von den Wellen näher zu Charleys Boot gespült, und Charley zerrte fest an der Leine, bis sie schließlich das kleine Motorboot erreicht hatten. Sie beugte sich hinunter, packte erst den einen, dann den anderen unter der Achsel und half ihnen die Leiter hinauf und über den Rand. Als beide sicher an Bord geplumpst waren, hüpfte Molly jubelnd auf der Stelle.

»Hurra!«, rief Jack, ganz außer sich vor Aufregung. »Charley hat sie gerettet.«

Arthur wirkte eher zittrig als überglücklich, aber er grinste und wippte erleichtert auf und ab. Charley winkte ihnen fröhlich zu und rief irgendetwas, während das Motorboot auf die Kinder zutuckerte.

Plötzlich fiel Molly das Bündel wieder ein, das Charley ihr zugeworfen hatte.

»Los, wir müssen das hier aufmachen.« Sie riss die Riemen auf und rollte das Bündel auseinander. Arthur half ihr, zwei dünne Decken aus Silberfolie herauszuholen, die zu ordentlichen Rechtecken gefaltet waren.

Er schüttelte eine davon auf. »Rettungsdecken! Charley ist ziemlich gut vorbereitet, was?«

Molly nickte, genauso verblüfft wie er. Mittlerweile hatte Charley das Boot zurück an den Anleger gelenkt, wo es gegen eine Reihe alter Reifen stieß. Ihre halbertrunkenen Passagiere waren ein Mann mit schütterem Haar und eine Frau mit tropfendem Pferdeschwanz. Beide wirkten noch ganz benommen.

Charley warf den Kindern ein Seil zu, das Arthur um einen Poller schlang, während Molly den beiden durchnässten Seglern auf den Steg half. Selbst Jack packte mit an und reichte ihnen die silbernen Decken. Seine Miene war ausnahmsweise einmal ernst – und ein bisschen wichtigtuerisch, dachte Molly und lächelte in sich hinein.

Charley kletterte aus dem Boot und klopfte Jack stolz auf den Rücken. »Gut gemacht.«

»Auf jeden Fall!« Trotz ihrer klappernden Zähne gelang der schiffbrüchigen Frau ein Lächeln. »Danke. Vielen, vielen Dank euch allen!«

Der Mann nickte und legte einen Arm um seine Begleiterin. »Ja, vielen Dank euch. Ich komme mir vor wie ein Idiot. Es tut mir so leid, dass ich uns in Gefahr gebracht habe. Aber das Wetter war ideal, und die Vorhersagen –«

»Ach, das ist typisch für unsere Insel«, sagte Charley freundlich. »Das Wetter schlägt von einer Minute zur nächsten um. Sie sind zu Besuch hier, oder?«

»Genau ... aber nicht das erste Mal. Ich hätte es besser wissen müssen. Übrigens, ich bin Michael.« Der Mann streckte eine zitternde, tropfende Hand aus. »Und das hier ist meine Frau, Shona.«

Charley lachte. »Bitte, keine Förmlichkeiten. Ich bin Charley. Und machen Sie sich keine Gedanken, dass Sie das Wetter falsch eingeschätzt haben. Es ist immer wechselhaft rund um die Insel – wir haben hier unser eigenes kleines Mikroklima. Ich befürchte, selbst die besten Wetterberichte irren sich oft, wenn es um Ravenstorm geht.«

»Trotzdem. Ich dachte wirklich, wir wären gut gerüstet, aber –«

»Dieses Schiff!« Seine Frau schauderte. »Das alles ist passiert, als das Schiff aufgetaucht ist.«

»Shona, wir waren uns doch einig, dass –«

»Ich weiß. Aber es war so! Kaum waren diese Segel da, ist das Gewitter aufgezogen. Aus dem Nichts!«

Molly und Arthur wechselten einen verstohlenen Blick. Das Schiff, dachte Molly mit einem aufgeregten Kribbeln im Bauch. Das geheimnisvolle Schiff, das sich in Luft aufgelöst hat. Die beiden hatten es also auch gesehen!

Charleys Miene war skeptisch, und Michael schaute sie entschuldigend an. »Es war schon seltsam, dass das alles gleichzeitig passiert ist, das muss ich zugeben. Shona und ich hatten uns gerade darüber unterhalten, wie ungewöhnlich das Schiff aussieht mit diesen alten Segeln und der Takelage.«

»Das Piratenschiff«, rief Jack. »Wir haben es auch gesehen!«

Bei Charleys überraschtem Blick wurde Molly rot und zuckte leicht mit den Schultern. »Er hat recht. Wir haben es auch gesehen – glauben wir zumindest.«

»Ihr meint einen Großsegler?« Charley hob eine Augenbraue. »Die sind hier gar nicht so selten. Vielleicht war es einer von der Segelschule oder von der historischen Marinegesellschaft.«

»Aber die Segel waren praktisch nur noch Fetzen!«, rief Shona. »So würde ein Schulschiff doch niemals rausfahren, außer, der Ausbilder will seine Schüler absichtlich in Schwierigkeiten bringen.«

»Und, na ja …« Michael holte tief Luft, als müsse er all seinen Mut zusammennehmen, um weiterzusprechen. »Der Wind. Ich weiß, es klingt unglaublich, aber der Wind hat genau dann aufgefrischt, als das Schiff aufgetaucht ist.«

»Stimmt, genau so war es!« Jack nickte heftig und ignorierte Mollys Zeigefinger auf den Lippen.

»Als hätte das Schiff den Sturm mitgebracht! Und wo ist es überhaupt hergekommen?«, fragte Shona. »Als wir heute Morgen losgefahren sind, haben wir es nicht gesehen. Das Ganze ist wirklich merkwürdig!«

Charley schüttelte entschieden den Kopf. »Ich kenne mich mit der Schifffahrt hier aus. Auf Ravenstorm liegen keine großen Schiffe, dafür ist der Hafen zu klein. Vielleicht ist es vom Festland losgesegelt. Aber es könnte auch genauso gut eine optische Täuschung gewesen sein. Auf hoher See entstehen manchmal die seltsamsten Effekte, dann sieht man so etwas wie eine Fata Morgana. Außerdem standen Sie unter Schock –«

»Aber wir haben es doch auch gesehen.« Jack blieb hartnäckig.

»Sei still, kleiner Zauberer«, flüsterte Arthur. »Vielleicht war es wirklich eine Fata Morgana.«

»Quatsch, es war ein Schiff, das hab ich doch gerade gesagt!«, beharrte Jack.

Arthur lachte. »Das hab ich nicht gemeint –«

»Nein«, sagte Michael mit Nachdruck. »Es war ganz sicher ein aufgetakeltes Schiff, ein Schoner eventuell, und es ist ziemlich nah an uns vorbeigesegelt. Und wenn es tatsächlich ein Schulschiff war, dann kann man nur hoffen und beten, dass es der Besatzung gutgeht.«

»O Gott«, rief Shona, leicht betreten. »Hoffentlich haben sie nicht auch solche Probleme bekommen wie wir. Sie haben bestimmt recht, Charley. Wir haben uns das bloß eingebildet, also, dass das Gewitter von diesem Schiff gebracht wurde, Sie wissen schon.« Sie wurde rot, weil ihr ganz plötzlich aufzufallen schien, wie dumm die ganze Sache klang. »Das war alles nur ein Zufall, nichts weiter«, fügte sie hinzu und lächelte Jack beruhigend an.

Der wirkte allerdings eher enttäuscht als beruhigt, fand Molly.

»Wahrscheinlich habt ihr recht.« Michael nickte und seufzte erleichtert. »So etwas macht das Meer manchmal mit einem. Es war bloß eine … nun, eine optische Täuschung, wie Sie gesagt haben.«

Charley rieb sich energisch die Hände und beendete damit das Thema. »Wenn Sie sich jetzt ein bisschen besser fühlen, sollten wir Sie schnell ins Warme bringen. Am besten kommen Sie mit zu mir – mein Haus ist gleich da oben. Sie brauchen dringend etwas Heißes zu trinken, und ich muss die Küstenwache und die Polizei anrufen wegen Ihres Boots.«

Shona und Michael nickten. Sie waren immer noch zutiefst dankbar für ihre Rettung und völlig erschöpft. So erschöpft, dass sie die Sache mit dem geheimnisvollen Schiff auf sich beruhen ließen.

Molly fing den bedeutungsvollen Blick auf, den Arthur ihr zuwarf. Ihr Cousin konnte seine Aufregung nur mühsam verbergen. Für sie beide hatte Michaels und Shonas Geschichte nicht halb so merkwürdig geklungen wie für Charley.

Molly grinste Arthur an. Wir haben später einiges zu besprechen, dachte sie.

Unwillkürlich wanderte ihre Hand zu dem Anhänger auf ihrer Brust. Der flache Stein mit dem Raben darauf hing an einem Lederband, genau wie bei Arthur und Jack, weil Mason, der ihnen die Steine geschenkt hatte, darauf bestand, dass sie sie immer um den Hals trugen, wenn sie das Haus verließen. »Nicht, dass einer seinen Stein verliert oder versehentlich im Schloss vergisst«, hatte er gesagt und die drei Kinder eindringlich angesehen. »Denkt daran, was letztes Mal passiert ist …«

Ja, das war wirklich knapp gewesen, erinnerte sich Molly. Jack hatte sein Amulett damals leichtsinnigerweise weggeworfen, und Arthur war von einem Finsterflink dazu gezwungen worden, seins in der Menschenwelt zurückzulassen. Ohne ihre Talismane waren die beiden Jungen in Statuen verwandelt worden, und Molly, die als Einzige noch geschützt gewesen war, hatte den Fluch ganz alleine wieder brechen müssen.

Sie bemerkte, dass sie ein wenig zitterte, als sie mit Jack an der Hand die Gasse hinauf zu Charleys Häuschen lief. Mit der freien Hand strich sie über ihren Anhänger und ließ den Daumen über die geheimnisvollen filigranen Einkerbungen wandern, die einen Raben formten. Die Wirbel und Kringel waren wunderschön gearbeitet und mit schwarzem Lack nachgezeichnet, und irgendwie fühlte der Stein sich tröstlich und sicher an. Sie würde ganz bestimmt nicht ohne ihn herumlaufen wollen, sollte es hier in der Bucht tatsächlich Geisterschiffe geben.

Wenn sich irgendeine neue Art von Magie auf Ravenstorm regte, konnte sie nur hoffen, dass die Steine sie beschützten …

2

Charley stand auf und stellte ihre Teetasse ab, dann zog sie den Wohnzimmervorhang zurück und betrachtete prüfend die Küste. »Die Sonne kommt schon wieder raus«, bemerkte sie. »Das war ein klassisches Ravenstormgewitter!«

Die beiden Touristen schüttelten erstaunt den Kopf, als sie das Wetter draußen sahen, und Michael murmelte: »Unglaublich!«

»Als wäre nichts passiert«, fügte Shona hinzu.

Außer dass sie und Michael völlig durchnässt waren, wirkten sie nicht sonderlich mitgenommen. »Bis auf unseren Seefahrerstolz ist nichts verletzt«, hatte Shona mit einem reumütigen Lächeln gemeint. Die beiden hatten Charleys Angebot, den Arzt zu rufen, abgelehnt, und vom Sanitätsflugzeug wollten sie erst recht nichts hören. Damit blieb Charley nur, kannenweise heißen Tee zu kochen, die vom Meerwasser durchweichten Kleider zu trocknen und ihren aufgeregten Geschichten über das rätselhafte große Schiff zu lauschen. Obwohl Shona und Michael ihre Wahrnehmung sichtlich peinlich war, konnten sie das Thema offenbar doch nicht ruhen lassen. Während Molly an ihrem heißen Kakao nippte, warf sie einen verstohlenen Blick in Richtung Charley, die eindeutig nicht überzeugt war von der Existenz des Großseglers.

Nachdem Michael und Shona allen noch einmal überschwänglich gedankt und Charley versprochen hatten, ihr Bescheid zu geben, wenn ihr Boot geborgen würde, verabschiedeten sie sich, um in ihre Pension zurückzukehren.

»Und?«, fragte Charley, als sie und die Kinder allein waren. »Noch mehr Kakao? Oder wollt ihr lieber wieder an den Strand?«

»An den Strand«, rief Jack, bevor Molly oder Arthur auch nur den Mund aufmachen konnten.

Arthur zuckte mit den Schultern und lächelte Charley an: »Noch ein Kakao, und ich würde wahrscheinlich platzen!«

»Ich auch«, sagte Molly. »Danke, Charley. Ich weiß nicht, was wir gemacht hätten, wenn du nicht da gewesen wärst.«

»Ach, dann wäre euch jemand anderes zu Hilfe gekommen«, erwiderte Charley lächelnd, während sie die leeren Tassen einsammelte. »So läuft das hier auf Ravenstorm.«

»Bist du die Seenotretterin auf der Insel?«, fragte Molly. Wenn das stimmte, dann hatten sie unfassbares Glück gehabt, gleich beim ersten Versuch das richtige Haus zu finden.

»Ich? Himmel, nein! Das Rettungsboot ist auf dem Festland stationiert. Aber ich kenne die Strömungen rund um Ravenstorm besser als jeder andere, also hätte es wenig Sinn gehabt, rumzusitzen und auf das Rettungsboot zu warten.« Ihre grünen Augen blitzten.

»Und was genau arbeitest du dann?«, fragte Arthur neugierig.

»Ich bin Meeresbiologin. Ich untersuche die Tier- und Pflanzenwelt in den Gewässern rund um die Insel. Da wäre es ziemlich schlecht, wenn ich die Gezeiten und den Seegang nicht genau im Blick hätte. Und deshalb begleite ich euch jetzt auch runter zum Strand. Nach diesem Sturm will ich mir den Gezeitenbereich anschauen.«

»Den was?« Hingerissen starrte Jack sie an.

Charley lächelte. »Den Bereich, den das Meer zurücklässt, wenn Ebbe ist. Da findet sich immer eine Menge zu untersuchen, Jack. So bekomme ich eine wirklich gute Vorstellung davon, wie gesund die Küstengewässer sind.«

Charley brauchte nicht lange, um die Tassen wegzuräumen. Das Angebot der Kinder, abzuspülen, lehnte sie energisch ab. »Das mache ich später. Hier herrscht sowieso immer Chaos!«, sagte sie lachend.

Und so waren sie schon bald wieder in der Seegrasgasse, wo die nassen Pflastersteine und Schieferdächer in der Sonne glänzten. Jack rannte eifrig voraus.

Als sie vom Weg auf den Strand sprangen, lag das Meer erneut ruhig und einladend da. Kleine Wellen leckten vor ihnen am Sand, und weiter draußen tanzten Sonnentupfer auf dem Wasser.

»Immer wieder unglaublich, wie schnell sich das Wetter ändert«, sagte Molly. Sie schüttelte den Kopf und wandte sich an Arthur und Jack. »Fandet ihr es nicht auch unheimlich, im Wasser zu sein, als das Gewitter aufgezogen ist?«

»Normalerweise ist es ungefährlich, aber ihr solltet trotzdem immer wachsam bleiben«, mischte Charley sich ein. »Schwimmt vor allem nicht zu weit raus, die Strömungen hier sind stark – und tückisch! Gerade deswegen ist die Unterwasserwelt rund um die Insel auch so interessant.«

»Ja, hochinteressant. Besonders die Meerjungfrauen«, erwiderte Arthur mit ausdrucksloser Miene, während er sein Handtuch über einen Felsen warf und Jeans und T-Shirt wieder auszog.

Charley lachte. »Also, von denen ist hier noch nie eine angespült worden.«

»Bis jetzt zumindest …«, murmelte Arthur, und Molly verschluckte sich, als sie versuchte, ein Kichern zu unterdrücken.

»Ach, im Meer gibt es genug interessante Lebewesen, auch ohne dass man sie erfinden muss«, sagte Charley leichthin. »Wisst ihr was? Vermutlich entdeckt ihr keine Meerjungfrauen, aber dafür eine Menge Nixentäschchen, wenn ihr die Augen offen haltet.« Charley schlüpfte aus ihren Schuhen, krempelte die Hosenbeine hoch und stieg zuversichtlich auf eine flache, mit Seetang bedeckte Felsbank, wo Jack bereits hockte und in einem seichten Gezeitentümpel wühlte. Sie bückte sich und hob einen rechteckigen braunen Beutel auf, den sie Jack hinhielt, damit er ihn inspizieren konnte. »Siehst du? Das ist eine Kapsel für Haifischeier.«

»Hier gibt es Haie?« Jacks Augen leuchteten auf.

»Nicht solche, die einen fressen«, lachte Charley, doch als sie sah, wie enttäuscht Jack guckte, fügte sie hinzu: »Wahrscheinlich zumindest. Siehst du die Fäden an den Ecken? Mit denen hält sich die Kapsel am Meeresboden fest. So sind die Eier geschützt, bis die Jungen schlüpfen.«

Ebenfalls barfuß kletterten Molly und Arthur auf die Felsen zu Charley und Jack. Die Seepocken auf dem Stein bohrten sich in ihre Fußsohlen, und Arthur wäre beinahe auf dem nassen Tang ausgerutscht. In letzter Sekunde bekam er Mollys Arm zu fassen und richtete sich wieder auf. »Siehst du, Charley kann auch zaubern. Sie hat Jack zum Schweigen gebracht«, sagte er trocken.

Molly grinste. Tatsächlich schaute Jack gebannt in seinen Strandeimer, aus dem Charley nun seine Schätze herausfischte und sie ihm Stück für Stück erklärte.

»Das hier ist eine Littorina, eine kleine Strandschnecke. Sie lebt noch, also vergiss nicht, sie wieder zurückzusetzen, wenn du sie dir angesehen hast, okay?« Charley hielt das winzige Schneckenhaus hoch. »Und guck, da ist ein kleiner Deckel. Der sorgt dafür, dass auch bei Ebbe Wasser in dem Häuschen bleibt, damit die Schnecke überlebt, bis das Meer zurückkommt.«

»Wow«, flüsterte Jack. »Kann ich sie nicht trotzdem behalten? Ich pass auch auf, dass der Eimer immer ganz voll mit Wasser ist –«

»Nein, das geht auf gar keinen Fall«, unterbrach Molly

ihn entschieden und sah vor ihrem inneren Auge schon, wie sich Jacks Zimmer auf Schloss Ravenstorm in ein stinkendes Aquarium verwandelte.

»Das hier ist ein ziemlich rauer Lebensraum für Tiere«, sagte Charley. »Ständig kommt und geht das Wasser mit den Gezeiten, und wenn es stürmt, donnern die Wellen hier über die Felsen. Du willst das Leben dieses kleinen Rackers doch nicht noch schwieriger machen, oder?«

»Hm …« Jack klang, als wäre er sich da nicht ganz sicher.

»Na komm, lass uns ein paar Muscheln suchen«, schlug Molly vor. »Von den leeren kannst du so viele mitnehmen, wie du willst.«

»Guter Plan!«, bestätigte Charley und zwinkerte Molly zu. »Wir suchen dir auch ein paar richtig schöne. Und du kannst das Nixentäschchen behalten, Jack. Die Jungen sind schon lange geschlüpft.«

»Oooh, danke!« Jack setzte die kleine Schnecke behutsam zurück in den Tümpel und lief dann Charley, Molly und Arthur hinterher. Sie fanden genug Muscheln, um Jack bei Laune zu halten. Außerdem stießen sie bei ihrer Expedition auf eine tote Krabbe und sogar auf ein altes Seeigelgehäuse, dessen Stacheln abgebrochen waren und nur eine lilafarbene Hülle zurückgelassen hatten, dünn wie Porzellan.

Molly ging ein wenig abseits der anderen und fand sich bald am Rand der langen Felszunge wieder. Darunter brachen sich schäumend die Wellen und bildeten Wasserpfützen in den Spalten und Kuhlen.

Vorsichtig tastete Molly sich an der Kante entlang, wo das anbrandende Meer Höhlen in die Felswand gespült hatte. Sie kniete sich hin und spähte hinunter. Auch in den Sand unter der Felszunge hatten die Gezeiten große Vertiefungen gegraben, und als Molly die Augen zusammenkniff und noch genauer hinsah, bemerkte sie, halbversteckt unter dem dahintreibenden Seetang, etwas Glänzendes.

Wahrscheinlich war es nichts weiter als irgendein altes, halbverrostetes Stück von einem Fischkutter, das auf hoher See über Bord gegangen war – ein Haken vielleicht oder eine abgebrochene Klampe –, aber weil Jack so fasziniert von all dem Strandgut war, das er fand, beschloss Molly, sich das glänzende Ding genauer anzuschauen. Sie klammerte sich mit einer Hand an den schroffen Fels und ließ sich langsam hinab ins Wasser gleiten.

Eine Welle brach sich an der Felszunge, umspülte ihre Knie und wirbelte den Sand unter ihren Füßen auf. Sie beugte sich hinunter und wühlte im trüb gewordenen Wasser, während ihr Kieselsteine gegen die Schienbeine stießen. Obwohl das Meer jetzt viel ruhiger war als vorher, drückte und zerrte es noch immer mit erschreckender Kraft an ihr und machte eine klare Sicht auf den Grund unmöglich. Molly hatte das glänzende Ding aus den Augen verloren, und einen Moment lang dachte sie schon, die Wellen hätten es wieder hinausgezogen, aber dann schlossen sich ihre Finger um etwas Hartes, Schweres unter dem Seetang.

Sie holte es hoch, richtete sich auf, wischte den feuchten Sand so gut wie möglich weg und betrachtete es von allen Seiten.

Es war nicht bloß irgendein Stück Altmetall, sondern ein alter Kompass, der so groß war, dass sie ihn mit beiden Händen festhalten musste, um ihn genau untersuchen zu können. Das Meerwasser hatte das Gehäuse leicht stumpf werden lassen, und die Glasscheibe war zerkratzt, doch als Molly die letzten Seegrashalme entfernt hatte, sah sie, dass das Kompassblatt wunderschön graviert und bemalt war, mit einer lächelnden Sonne, einer finster dreinblickenden Mondsichel und grimmigen Wolken, die Wind von Osten und Westen herbliesen. Sechzehn Himmelsrichtungen waren in einer kunstvoll geschwungenen Handschrift eingetragen.

»Was hast du denn da gefunden, Molly?« Zusammen mit Charley stand Arthur auf der Felszunge und schaute zu ihr herunter. »Ich war schon kurz davor, Charley aufs Meer hinauszuschicken, um dich zu retten.«

Molly streckte eine Hand nach oben und ließ sich von Arthur zurück auf die mit Seepocken besetzte Felsbank helfen. »Guck dir das an. Das stammt bestimmt von einem Schiff!« Sie kaute aufgeregt auf ihrer Unterlippe, während sie den Kompass hin und her drehte. Ein wunderschönes Instrument war das – vielleicht sogar eine echte Antiquität? Nein, sicher nicht … Molly schüttelte langsam den Kopf. Echte Antiquitäten lagen hier bestimmt nicht einfach so herum!

»Vielleicht ist es ein Souvenir«, schlug sie vor. »Ein ziemlich schönes! Wird so was hier auf der Insel verkauft?«

Charley nahm ihr den Kompass aus den Händen und untersuchte ihn mit beeindruckter Miene. »Im Souvenirladen habe ich so was noch nie gesehen«, murmelte sie. »Für mich sieht das außerdem nicht modern aus, sondern alt.«

»Richtig alt«, bestätigte Arthur und berührte die Glasscheibe vorsichtig mit der Fingerspitze. Die Nadel zitterte und kroch langsam nach Norden. »Und er funktioniert sogar noch. Ich wette, den würden Mum und Dad sich gerne anschauen. Sie sind nämlich Antiquitätenhändler«, fügte er an Charley gewandt hinzu.

Jack hatte sich zu ihnen gesellt und reckte den Hals, um auch einen Blick auf den Kompass zu erhaschen. Charley hielt ihn tiefer, damit er ihn genauer betrachten konnte. »Deine Eltern sind also die Wolfreys? Die gerade Schloss Ravenstorm gekauft haben?«

»Genau die. Sie lieben altes Zeug!«

»Dann werden sie euch vermutlich mehr darüber verraten können. Faszinierend, dieses Ding, nicht?« Charley strich über das zerkratzte Glas. »Und später müsst ihr mir haarklein berichten, was sie gesagt haben.«

Molly nickte, und einträchtig marschierten sie zusammen mit Jack und seinem randvollen Eimer mit Muscheln, Steinen und Meerwasser zurück zur Straße. Alle paar Schritte mussten sie sich mit dem Tragen ihres Zufallsfunds abwechseln, so schwer war er. Als sie den Haufen mit ihren Sachen erreichten, wickelte Molly den Kompass sicher in ein Handtuch und verstaute ihn in ihrer Badetasche, bevor sie sich die Kleider überstreifte.

»Jetzt waren wir gar nicht mehr schwimmen«, stellte Arthur fest und zog sein T-Shirt über den Kopf. »Lass uns morgen noch mal herkommen, wenn das Wetter gut ist. Das lohnt sich auf jeden Fall, wenn unser kleiner Zauberer dann glücklich ist.«

Sie verabschiedeten Charley an ihrem Gartentor und liefen weiter in Richtung Schloss, wobei Jack seinen Eimer stolz gegen die Brust presste. So gut hatte Molly ihn bisher noch nie auf irgendetwas aufpassen sehen. Aber schon nach ein paar Metern spürte sie wieder eine kalte Brise auf der Haut, und die Härchen auf ihren Armen stellten sich auf. Sie schaute nach oben. Der Himmel verdunkelte sich. Die Sonne wurde immer blasser, bis die aufziehenden schwarzen Wolkenmassen sie schließlich komplett verdeckten.

»O nein«, stöhnte sie. »Gleich werden wir wieder nass.«

»Lauft!«, rief Arthur, als die ersten riesigen Regentropfen auf ihre Köpfe klatschten.

Molly griff nach Jacks Hand und rannte ihrem Cousin hinterher. Regen peitschte ihnen ins Gesicht, aber Jack hielt den Eimer unbeirrt fest. Als sie den Weg erreichten, der zum Schloss führte, und wenigstens ein bisschen durch die Blätter der Buchen geschützt wurden, waren sie bereits nass bis auf die Haut. Nach Atem ringend, verlangsamte Molly ihr Tempo.

»Wir sind doch eh schon völlig durchgeweicht«, rief sie den beiden Jungen über das Getöse des Wolkenbruchs hinweg zu. »Also können wir auch gleich langsamer laufen.«

Jack wand seine Hand aus der ihren und schielte mit zufriedener Miene in seinen Eimer. »Mein Ozean fließt über. Vielleicht gibt es einen Tsunami.«

»Dieses Wetter ist unglaublich, selbst für Ravenstorm«, schimpfte Arthur. »Schaut euch die Vögel an, die sind auch nicht glücklich.«

Vor ihnen hoben sich die Türmchen von Schloss Ravenstorm schwarz und bedrohlich gegen den granitgrauen Himmel ab. Blitze zuckten über dem Wald dahinter, und einmal mehr hatten sich die Raben, die in den Bäumen nisteten, in den Himmel geflüchtet, wo sie krächzend kreisten.

»Man sollte meinen, sie wären schlau genug, in den Baumkronen zu bleiben«, sagte Molly. »Mich würde da keiner rauskriegen. Los, Jack, wir sind fast da.«

Das große Einfahrtstor mit den dunklen nassen Steinpfeilern und den tropfenden schmiedeeisernen Stäben war direkt vor ihnen. Molly fing wieder an zu rennen. Sie hatte einen Arm um Jacks Schultern gelegt und zog ihn mit sich. Als sie das Tor aufstießen, löste sich plötzlich eine riesige Gestalt aus dem Schatten der Bäume.

Molly schrie auf und blieb wie angewurzelt stehen, wodurch Arthur in sie hineinlief und sie beinahe umgeworfen hätte. Aus dem Schreck wurde allerdings schnell Erleichterung, als sie in das düstere Gesicht von Mason blickte.

Seine kantigen Züge verzerrten sich zu so etwas wie einem Lächeln, und er hielt einen schwarzen Regenschirm hoch, der so groß war, dass er ihnen allen dreien ein wenig Schutz vor dem Wetter bot.

»Kommt mit! Ich dachte mir schon, dass der Regen euch überrascht hat.«

Molly zog Jack enger an sich, während sie die Auffahrt hinaufeilten. »Halten Sie den Schirm doch höher, Mason, dann passen Sie auch noch drunter.«

»Das glaube ich nicht, Molly. Außerdem bin ich es ja gewohnt, nass zu werden.« Der alte Butler zwinkerte ihr zu.

Auch wieder wahr, dachte Molly. Zweifellos wurde er oft klatschnass da oben auf dem Dach des Schlosses bei den anderen Wasserspeiern.

»Vielen Dank, Mason!« Arthur stürmte die große Treppe zur Haustür hinauf, dicht gefolgt von Molly und Jack. Mason klappte den Regenschirm zusammen und folgte ihnen, schwerfällig wie immer.

»Ab mit euch in die Küche.« Er schloss die schwere Eichentür vor den herabstürzenden Wassermassen und scheuchte sie durch die weitläufige Eingangshalle. »Der Ofen ist schon an, und es ist warm, da bekommen wir euch schnell wieder trocken, und ich könnte mir denken, dass sich irgendwo auch noch Kakaopulver auftreiben lässt.«

»Bestimmt«, sagte Arthur und stieß die Küchentür auf. »Sie sind der Beste, Mason. Los, Jack, zieh schnell die Schuhe aus, bevor deine Füße sich auflösen.«

Mit ziemlich erschrockenem Gesicht streifte Jack hastig die kleinen Turnschuhe ab und beugte sich hinunter, um sicherzugehen, dass seine Füße noch da waren. Dann funkelte er Arthur böse an. »Sie haben sich kein bisschen aufgelöst.«

»Puh, dann sind wir ja gerade noch rechtzeitig heimgekommen, was? Lass mal sehen, kleiner Zauberer. Du hast recht: kalt und verschrumpelt, aber noch ganz. Hey, wo willst du jetzt wieder hin?«

Mit einem glücklichen Lächeln schleppte Jack den überschwappenden Eimer in Richtung Büro. »Ich zeige Tante Catherine und Onkel Bill meinen Ozean!«

Molly wollte ihn schon festhalten, als Arthur sie am Ärmel zog. »Lass ihn. Mum vergöttert ihn, und dann sind wir ihn wenigstens mal für fünf Minuten los!«

»Und ich habe Zeit, eure heiße Schokolade zu machen, ohne dass ein gewisser junger Herr seine Finger ableckt und in die Kakaodose steckt«, fügte Mason hinzu.

Molly grinste und kippte den durchweichten Inhalt ihrer Badetasche auf den riesigen Holztisch. »Vielleicht kriegen wir die Sachen hier sogar heute noch trocken, wenn wir sie über den Ofen hängen. Oh!«

Sie hatte ihren Strandfund schon beinahe vergessen, als etwas Großes und Schweres aus dem zerknautschten Handtuch purzelte und dumpf auf dem Tisch aufschlug. Molly griff hastig nach dem Kompass, bevor er vom Tisch rollen konnte, und stieß einen erleichterten Seufzer aus, als sie ihn gerade noch erwischte.

»Puh! Das war knapp. Mason, gucken Sie mal, was wir …« Sie verstummte, als sie aufblickte. Die gräuliche Haut des Butlers war totenblass geworden. Molly hatte ihn noch nie auch nur im Entferntesten überrascht gesehen, jetzt stand ihm jedoch vor Schreck der Mund offen, und er starrte mit weitaufgerissenen Augen auf den Kompass.

»Mason?« Arthur stupste ihn vorsichtig an. »Was ist los?«

Mason gab keine Antwort, sondern streckte zögernd die Hand aus und berührte die gläserne Vorderseite.

Er sieht aus, als hätte er Angst, der Kompass würde ihm einen elektrischen Schlag oder so verpassen, dachte Molly.

Seine Finger zitterten, als er sich zwang, den Kompass in die Hand zu nehmen. Langsam drehte er ihn hin und her und schluckte, während er die filigrane Windrose betrachtete. Obwohl das Glas angelaufen und stumpf vom Meerwasser war, warf es einen Lichtblitz zurück, der auf Masons Gesicht fiel. Er blinzelte.

»Wo habt ihr ihn gefunden?« Seine Stimme klang noch rauer als sonst.

Molly runzelte die Stirn und ließ den Butler nicht aus den Augen. »Am Strand. Der muss angespült worden sein … von einem Schiff wahrscheinlich.«

»Von einem Schiff«, wiederholte Mason heiser. »Habt ihr … habt ihr das Schiff gesehen?«

»Nein.« Arthur legte neugierig den Kopf schief. »Wieso?«

»Einfach … einfach so.« Er räusperte sich, dann hustete er in seine vorgehaltene Faust.

Molly und Arthur wechselten einen Blick. Was wusste der alte Butler?

»Wir finden, dass der Kompass antik aussieht«, sagte Molly forsch. »Wahrscheinlich stammt er von einem ziemlich alten Schiff.« Sie beobachtete Mason verstohlen, während sie weiterbohrte: »Was meinen Sie?«

»Ich … ja, du hast vermutlich recht. Ich … setze jetzt die Milch auf, ja?«

»Ich frage nur, weil wir doch ein altes Schiff gesehen haben. Heute Morgen«, fuhr Molly fort. »Stimmt's, Arthur?«

»Stimmt.« Arthur kniff die Augen zusammen. »Ein großes Schiff. Ziemlich altertümlich. Glauben Sie, das könnte im Sturm gesunken sein? Und dass der Kompass von dort stammt?«

»Ein großes Schiff«, wiederholte Mason mit matter Stimme.

»Genau.« Molly verschränkte die Arme. »Eins von diesen alten Segelschiffen, wie man sie aus Piratenfilmen kennt, mit Masten und Takelage und all so was. Wir haben es heute Morgen gesehen, kurz bevor das Gewitter anfing. Und es sah nicht unbedingt stabil genug aus, um diesem Wetter standzuhalten. Wir machen uns ein bisschen Sorgen.«

»Das braucht ihr nicht. Wirklich nicht«, versicherte Mason ein wenig zu laut. »Alte Schiffe sind, äh … unverwüstlich. Solide … gebaut.«

Auch Arthur musterte Mason jetzt misstrauisch. »Aber es ist verschwunden. Einfach so!«

»Das war bestimmt eine optische Täuschung, Kinder.« Mason räusperte sich vernehmlich. »Damit solltest du dich doch bestens auskennen, Molly, immerhin sind deine Eltern berühmte Zauberer.« Er wandte sich um und hantierte übertrieben geschäftig am Herd.

Eine optische Täuschung. Genau das hatte Charley auch gesagt! Bloß dass es bei Mason nicht so klang, als würde er auch nur im Entferntesten daran glauben …

»Mason, gibt es hier in der Nähe irgendwelche großen Schiffe? Charley meinte, es gäbe keine.«

»Charley? Ach ja, die junge Frau aus der Seegrasgasse. Eine reizende junge Dame. Stets hilfsbereit.«

»Ja, stimmt. Heute Morgen hat sie ein Pärchen aus seinem gekenterten Segelboot gerettet.« Arthur starrte Masons breiten Rücken an. »Die beiden haben das Schiff auch gesehen.«

Molly fügte hinzu: »Sie dachten sogar, das Schiff hätte den Sturm ausgelöst.«

»Was für ein Unsinn!« Die Kinder konnten Masons Gesicht nicht sehen, aber sein Lachen klang gezwungen. »Touristen bilden sich oft die seltsamsten Dinge ein. Sie sind das … äh … eigentümliche Klima hier auf Ravenstorm nicht gewohnt. Es war garantiert eine optische Täuschung, wie ich gesagt habe.«

Molly warf Arthur einen bedeutungsvollen Blick zu, bevor sie weiterbohrte. »Mason, hat der Kompass Sie irgendwie verärgert? Es tut mir leid, wenn –«

»Gütiger Himmel, Kind. Sei bitte nicht albern. Ich bin nur kein Freund von Gewittern, das ist alles«, beeilte sich der alte Mann zu versichern. »Das ist eine der Nebenwirkungen, wenn man so nah am Meer wohnt.« Er trat vom Herd zurück. »So. Eure Milch ist heiß, und der Kakao steht hier. Ich habe noch einiges im Schloss zu erledigen, wenn ihr mich also entschuldigen würdet? Ihr kommt jetzt sicher alleine zurecht.«

Und damit stapfte er aus der Küche, die riesigen Hände zu Fäusten geballt.

Als die Tür mit einem dumpfen Schlag hinter ihm ins Schloss gefallen war, schauten Arthur und Molly sich an.

»Also, das war gerade ziemlich schräg«, sagte Arthur. »Mal wieder.«

Molly zuckte mit den Schultern. »Er ist ja immer ein bisschen komisch, aber der Kompass hat ihn eindeutig aufgebracht.« Sie berührte den seltsamen Fund mit der Spitze ihres Zeigefingers und wurde ganz plötzlich nervös. »Sag mal, glaubst du wirklich, dass Mason Angst vor Gewittern hat? Mal ehrlich, das ist doch Quatsch! In meiner ersten Nacht hier ist er bei Blitz und Donner draußen auf dem Dach herumgelaufen.«

»Irgendwas verschweigt er uns.« Nachdenklich löffelte Arthur Kakaopulver in ihre Tassen und goss die heiße Milch darüber. »Und das bedeutet, dass hier was im Gange ist. Weißt du, ich glaube, ich werde Mum und Dad den Kompass nicht zeigen. Zumindest noch nicht gleich. Lass uns warten, bis wir mehr darüber wissen. Irgendwie bin ich mir nämlich sicher, dass da mehr dahintersteckt, als Mason uns verraten will.«

»Bestimmt.« Molly grinste. »Immerhin sind wir auf Ravenstorm.«

»Eben.« Arthur schob eine dampfende Tasse über den Tisch. »Wenn das hier mit Magie zu tun hat – und wir wissen ja, dass Mason bei so was nie ganz unbeteiligt ist –, dann will ich das wirklich nicht meinen Eltern erklären müssen.«

Molly verzog das Gesicht. »Uff, bloß nicht. Die glauben uns doch kein Wort, wenn wir ihnen was von einem magischen Kompass erzählen.«

»Außerdem haben sie auch nie die ganze Sache mit den Finsterflinks und den versteinerten Kindern rausgefunden.« Arthur blies in seinen Kakao. »Und ich habe nicht vor, das ausgerechnet jetzt zu ändern.«

Im Moment war es definitiv das Beste, wenn Arthurs Eltern nichts von dem Kompass wussten, überlegte Molly später an diesem Abend. Es gab einfach ein paar Wahrheiten, mit denen Erwachsene nicht umgehen konnten.

Sie, Arthur und Jack saßen zusammen mit Arthurs Eltern vor dem prasselnden Kamin im Wohnzimmer und lauschten dem Sturm, der wütend gegen die Fenster schlug. Manchmal gibt es nichts Schöneres, als sich drinnen gemütlich, warm und sicher einzukuscheln, während draußen ein Unwetter tobt.

Molly beobachtete die Erwachsenen heimlich. Nein, es war wirklich besser, zu schweigen – Tante Catherine wirkte schon besorgt genug, auch ohne dass sie ihr Märchen erzählten. Sie war gerade zum hundertsten Mal aus dem Zimmer der kleinen Harriet zurückgekehrt und schob sich die braunen Haare aus den müden Augen.

»Sie wird überhaupt nicht ruhiger«, berichtete sie Onkel Bill, nahm die Tasse Tee entgegen, die er ihr reichte, und umschloss sie fest mit beiden Händen. »Hoffentlich wird sie nicht krank.«

»Ach, sie ist nur ein bisschen neben der Spur«, beschwichtigte ihr Ehemann sie. »Lass sie einfach ein paar Minuten in Ruhe. Sie schläft sicher bald ein.«

»Gut, dann warte ich kurz, bevor ich wieder nach ihr sehe.« Abgekämpft sank Tante Catherine in einen Sessel.

Molly sprang auf. Sie hatte ein schlechtes Gewissen, weil sie und Jack Arthurs Eltern zusätzlich Arbeit machten, wo diese doch erst vor kurzem Nachwuchs bekommen hatten. »Ich koche neuen Tee«, bot sie an.

Onkel Bill warf ihr einen dankbaren Blick zu, als sie in Richtung Küche verschwand.

Hoffentlich ist Harriet eingeschlafen, bevor ich zurückkomme, dachte sie. Arme Tante Catherine!

Sie fühlte sich in der großen Küche schon wie zu Hause, stellte sie fest, als sie den Teekessel auf den Herd stellte. Dass sie nach den anfänglichen Schwierigkeiten doch noch Freundschaft mit ihrem Cousin geschlossen hatte, machte Molly glücklich. Und solange Jack sich nicht noch mal in eine Statue verwandeln lässt, dachte sie mit einem liebevollen Grinsen, werden wir uns hier den Sommer über pudelwohl fühlen. Trotzdem sehnte Molly sich heimlich danach, dass sich die Magie der Insel erneut offenbarte – es musste ja nicht gleich so gefährlich werden wie beim letzten Mal. Nur ein kleines magisches Extra-Abenteuer, das wäre schön …

Während Molly auf das Pfeifen des Teekessels wartete, lehnte sie sich gegen die Arbeitsplatte, und ihr Blick fiel auf Jacks Eimer. Er hatte ihn neben die Spüle gestellt, und das wohl ziemlich schwungvoll, denn das Wasser war übergeschwappt und tropfte stetig auf den Holzfußboden.

O nein, Jack, dachte sie. Sie wusste, wie viel Wert Onkel Bill und Tante Catherine darauf legten, dass das Schloss sauber und ordentlich blieb.

Sie riss ein Stück Küchenrolle ab, um das Wasser aufzuwischen, doch als sie vor dem Eimer stand, zuckte sie zusammen und zerknüllte vor Schreck das Papiertuch in ihrer Faust.

In Jacks Miniozean tobte ein kleiner Sturm: Winzige Wellen türmten sich auf und brachen Gischt spritzend über den Rand. Erschrocken wich Molly einen Schritt zurück. Was war das?

Sie schlich sich erneut heran und spähte noch einmal in den Eimer. *Platsch!* Eine eiskalte Welle klatschte ihr ins Gesicht.

Molly schüttelte verwirrt den Kopf und rieb sich das Wasser aus den Augen. Hier muss ein Fenster offen sein, überlegte sie. Aber nein, da war nichts! Molly schaute sich im Zimmer um. Jedes einzelne Fenster war geschlossen und fest verriegelt.

Das war verrückt! War trotz aller Ermahnungen von Charley irgendetwas Lebendiges in Jacks Eimer gelandet, etwas, das groß genug war, um so heftig um sich zu schlagen, dass es die Küche unter Wasser setzte? Zögernd tauchte Molly die Hand in den Eimer und stocherte zwischen den Kieseln und Muscheln herum, aber das brachte ihr nur einen nassen Arm und eine weitere Ladung Gischt im Gesicht ein. Sie legte probeweise die Hand auf die Arbeitsplatte – vielleicht lief der Geschirrspüler, und der Eimer bewegte sich deshalb? –, aber die Fläche war ganz ruhig. Waren dann womöglich die Rohre schuld, die alten, scheppernden Leitungen des Schlosses? Auch diesen Gedanken verwarf Molly rasch wieder. Kein Rohrsystem, egal wie schrottreif es auch sein mochte, konnte eine ganze Küche zum Wackeln bringen!

Und trotzdem wütete noch immer der Ministurm in Jacks Eimer.

Ein Schauder lief ihr über den Nacken. War das … Magie? Es musste Magie sein, anders konnte sie es sich nicht erklären. Wirkliche, echte Magie. Molly hielt den Atem an. Ob das etwas mit dem Geisterschiff zu tun hatte? Wenn tatsächlich magische Kräfte den Sturm am Morgen ausgelöst hatten, waren genau die jetzt vielleicht ganz in der Nähe und brachten das Wasser im Eimer ihres kleinen Bruders zum Tosen.

Das schrille Pfeifen des Kessels schreckte Molly aus ihren unheimlichen Gedanken. Schnell goss sie eine neue Kanne Tee auf und trug sie zurück in die Bibliothek. Die schweren Vorhänge waren zugezogen, aber sie konnte hören, wie der Regen dahinter gegen die Scheiben peitschte und der Wind im Kamin heulte. Die Flammen tanzten und loderten und flackerten.

»Oh, vielen Dank, Molly. Das war sehr nett von dir.« Tante Catherine griff nach der Teekanne, während Molly Arthur bedeutungsvolle Blicke zuwarf.

Sie wollte ihm unbedingt erzählen, was gerade passiert war, aber er schaute nicht in ihre Richtung. Stattdessen zwinkerte er Jack aufmunternd zu. Mit einem Seufzer ließ Molly sich neben ihren kleinen Bruder fallen und legte einen Arm um dessen Schultern. Ihr Gespräch mit Arthur würde warten müssen.

»Ich hab keine Angst vor Gewittern«, erklärte Jack Onkel Bill gerade. »Es hat heute schon ein ganz schlimmes gegeben, und das hat mir überhaupt nichts ausgemacht.«

»Tapferer kleiner Mann«, sagte Onkel Bill. »Dann kannst du ja meine Hand halten, falls ich Angst kriege.«

Genau in diesem Augenblick schlug ein Blitz direkt vor dem Fenster ein. Der Donner krachte so laut, dass die Scheiben wackelten. Jack zuckte zusammen und schnappte nach Luft. Das Unwetter ließ ihn wohl doch nicht so kalt, wie er behauptete. Vielleicht brauchte er ja eine Ablenkung, überlegte Molly. Vielleicht brauchten sie die alle. Während sie Jack tröstend an sich drückte, fiel ihr Blick auf das Feuer.

»Ich hab eine Idee. Habt ihr Pappe, Arthur? Und eine Schere und Klebeband?«, fragte Molly.

Arthur hob eine Augenbraue. »Bestimmt. Warum?«

»Das wirst du gleich sehen. Oh, und ein paar Strohhalme bitte, wenn du welche findest.«

»Jetzt bin ich aber gespannt.« Arthurs Augen leuchteten, als er aufstand. »Gib mir eine Sekunde, ich schau schnell nach.«

Sie saßen schweigend da und lauschten dem Toben der Natur, bis Arthur mit einem Stapel Tonpapier, ein paar Scheren und einer Schachtel Strohhalme unter dem Arm zurückkam.

»Und was soll das werden, Molly?«, fragte Onkel Bill neugierig.

»Das erkläre ich euch, wenn ich fertig bin.« Molly machte sich an die Arbeit, während die anderen ihr aufmerksam zusahen. Vorsichtig schnitt sie Figuren aus dem Karton aus und steckte sie auf die Strohhalme, bis sie eine kleine Sammlung Papierpuppen hatte.

»Oh, wie raffiniert«, sagte Arthur und nahm eine hoch, um sie zu bewundern. »Hier, guck mal, Dad!«

»Klasse, Molly. Das ist ein Pirat, oder?«

»Genau«, antwortete Molly und wurde vor Freude ganz rot. »So, wenn ihr jetzt die Lichter ausschaltet, zeige ich euch einen Trick von meinem Dad. Das wird dir gefallen, Jack!«

»Ich weiß! Ich kenne den Trick!« Jacks Augen strahlten. »Machst du –«

Molly legte einen Finger auf die Lippen. »Sch! Nichts verraten, Jack!« Sie setzte sich vor den Kamin und zwinkerte ihm feierlich zu. »Okay, und jetzt schaut alle auf die Wand gegenüber, bitte.«

Während der Schein der Flammen in der Dunkelheit über die Wand flackerte, nahm Molly ihre Schattenpuppen auf, räusperte sich und begann mit ihrer unheimlichsten Theaterstimme zu erzählen.

»Es war einmal eine wilde Piratenhorde, die die sieben Meere durchkreuzte, auf ewiger Irrfahrt.«

»Auf ewiger Irrfahrt?«, warf Jack verwundert ein.

»Sch, kleiner Zauberer!«, mahnte Arthur.

»Ja genau, auf ewiger Irrfahrt«, wiederholte Molly und hob den Piratenkapitän hoch, dem sie einen strubbeligen Bart und wütende Schlitzaugen verpasst hatte. »Denn das Schiff war … verflucht! Verdammt dazu, bis ans Ende der Welt zu segeln, bis die Piraten … äh …«

»Den Schatz des Drachen gefunden hatten!«, fiel Jack ihr aufgeregt ins Wort.

»Gute Idee«, stimmte Molly zu. »Ja, den Schatz des Drachen.« Mit einem Blick auf ihre frisch gebastelte Seeschlange stellte sie fest, dass diese als Drache durchgehen könnte. Entschlossen nahm sie die Figur auf und ließ ihren

Schatten bedrohlich in den Flammen tanzen. »Den Schatz desjenigen Drachen, der einst das Bein des Kapitäns abgebissen hatte.« Flugs riss Molly eines der Piratenpappbeine ab und ließ es die Schlange vertilgen, während Tante Catherine sich lächelnd gegen Onkel Bills Schulter lehnte. Jack saß auf Arthurs Schoß und verfolgte gebannt die neue Version der Geschichte.

Molly nahm ihr nächstes Scherenwerk und hörte Arthurs unterdrücktes Lachen, als er den unheimlichen Schatten erkannte, der da auf die Bühne stolzierte, groß und dürr mit einer aufwendigen Krone und einem Umhang aus Flügeln.

»Doch das Schiff des Piratenkapitäns war verhext. Er hatte die schöne Tochter einer bösen Zauberkönigin entführt, die seine Besatzung aus Rache in furchterregende Statuen verwandelt hatte …«

Beinahe hätte sie auch einen lebendigen Wasserspeier in ihre Piratengeschichte eingeflochten, fiel Molly später beim Zähneputzen wieder ein. Wie gut, dass sie das gelassen hatte – womöglich hätte Mason es gehört und wäre dann noch verärgerter gewesen. Außerdem war das Märchen von Kapitän Knochenbein und seiner Mannschaft aus verzauberten Statuen auch so ein Riesenerfolg gewesen.

Der arme Mason! Ich frage mich, warum der alte Kompass ihn so aus der Fassung gebracht hat, überlegte Molly und konnte ihre Neugier kaum zügeln. Aber sie sah beim besten Willen keine unauffällige Möglichkeit, das Thema noch einmal anzusprechen. Sie und Arthur würden einfach abwarten müssen …

Die Augen ihres Cousins hatten aufgeregt gefunkelt, als Molly ihm nach der Aufführung von dem Sturm in Jacks Plastikeimer erzählte, doch bis sie sich in die Küche stehlen konnten, um der Sache nachzugehen, war der Eimer samt Inhalt bereits verschwunden, wahrscheinlich in Jacks Zimmer. Mittlerweile hatten sie alle drei eigene, frisch renovierte Zimmer, und Molly wollte nicht riskieren, Jack jetzt noch einmal aufzuwecken, wenn sie sich zu ihm hineinschlich. Bei diesem Gewitter würde sie ihren aufgedrehten Bruder sonst nie zurück ins Bett bekommen.

Der Regen schien ein klein wenig nachgelassen zu haben; er hämmerte nicht mehr ganz so laut gegen die Fensterscheiben. Molly beugte sich vor und zog den Vorhang ein Stück zur Seite. Ja, man konnte tatsächlich weiter als ein paar Meter hinaus in die Nacht schauen.

Sie reckte den Hals, um zu den Wasserspeiern auf dem Dach hinaufzusehen. Von hier aus konnte sie den leeren Platz am Ende der Reihe erkennen, wo eine der Steinfiguren fehlte. Das bedeutete, dass Mason nicht auf seinem Sockel saß, sondern unterwegs war. Mit zusammengekniffenen Augen suchte Molly den Garten ab, obwohl sie bezweifelte, dass er bei diesem Sturm draußen war. Wer würde sich da schon freiwillig rauswagen?

In der Ferne zuckte ein Blitz in den Wolken über dem Meer, und Molly schrie erschrocken auf. Das kurze grelle

Flackern erhellte eine Gestalt in der Einfahrt: einen vertrauten, großen, leicht buckeligen Umriss. Mason stand reglos da und starrte das Schloss an.

Behutsam ließ Molly den Vorhang wieder zurückfallen. Ihr Nacken kribbelte leicht.

Mason schlich also wieder über das Anwesen, trotz des Wetters. Molly wurde das Gefühl nicht los, dass er sie alle beobachtete, sie bewachte und beschützte.

Doch es war nicht seine stumme Gegenwart, die sie vor Angst frösteln ließ. Beklommen fragte sie sich, *wovor* der alte Butler sie wohl beschützte.

3

Strahlender Sonnenschein erfüllte am nächsten Morgen die Küche, und der blaue Himmel war so hell und wolkenlos, als wäre der schreckliche Sturm nichts weiter als ein finsterer Traum gewesen. Molly gähnte herzhaft, als sie sich auf ihren Stuhl am Frühstückstisch setzte. Wenn sie so müde war, musste das Unwetter letzte Nacht wirklich gewesen sein. Und tatsächlich schien niemand sonderlich gut geschlafen zu haben. Tante Catherine und Onkel Bill wirkten abgekämpft, mit dunklen Ringen unter den Augen.

Arthur hatte die kleine Harriet auf dem Schoß, spielte mit ihren Zehen und redete liebevoll auf sie ein – etwas, das Molly sich, als sie ihn kennengelernt hatte, nie hätte vorstellen können. Doch obwohl Arthurs kleine Schwester normalerweise ganz begeistert war, wenn er sich mit ihr beschäftigte, lehnte sie heute nur erschöpft an seiner Brust und blickte teilnahmslos vor sich hin.

Tante Catherine beobachtete Harriet besorgt über den Rand ihrer Kaffeetasse hinweg. »Es scheint ihr wirklich nicht gutzugehen, Bill.«

Ihr Mann winkte beschwichtigend ab. »Mach dir nicht so viele Sorgen, Liebes. Sie kränkelt nur ein bisschen, das ist alles.« Er tätschelte Tante Catherines Hand. »Vielleicht sind es Koliken?«

»Nein, wenn sie Bauchschmerzen hat, ist sie ganz anders!« Tante Catherine zog ihre Hand zurück, fuhr sich damit durch die Haare und seufzte. »Schau nur, sie ist völlig apathisch. Wenn es ihr nicht bald bessergeht, muss ich mit ihr zum Arzt.«

»Das ist bestimmt nicht nötig. Es ist sicher bloß ein Schnupfen oder so was in der Richtung. Sie erholt sich schon wieder.« Molly fiel auf, dass Onkel Bill trotz seiner Beschwichtigungen genauso besorgt wirkte wie seine Frau. »Du könntest Doktor Barnard fragen, wenn du ihn später im Dorf siehst. Er kann dir sicher sagen, ob es etwas ist, das man untersuchen lassen sollte. Er hilft doch immer gerne, auch außerhalb der Sprechzeiten.«

Molly fing Arthurs Blick über den Tisch hinweg auf. Auch ihr Cousin schien beunruhigt. Er beugte sich vor und prustete Harriet auf den Bauch. Sonst zappelte sie dabei immer fröhlich und strampelte mit den dicken Beinchen, aber heute drehte sie nur den Kopf und starrte ihren großen Bruder ausdruckslos an.

»Lass uns nach dem Frühstück rausgehen«, schlug Molly vor. Sie wollte Arthur unbedingt aufmuntern. »Wir müssen nicht mal Jack mitnehmen, der hat im Moment nur seine Muscheln und die tote Krabbe im Kopf!«

Ihr kleiner Bruder hatte sein Frühstück – die üblichen drei Schüsseln Schokopops – bereits aufgegessen und war aufgeregt zu seinem Unterwasserreich im Eimer zurückgestürmt, das er gerade auf dem teuren Teppich in seinem Zimmer erschuf.

»Das klingt doch nach einer guten Idee.« Onkel Bill klatschte in die Hände und zwinkerte Molly dankbar zu. »Was hältst du davon, Arthur?«

Arthur nickte, zuerst ein bisschen widerstrebend, dann mit mehr Begeisterung. »Ja, okay!«

»Dein Dad hat recht. Es bringt nichts, wenn wir alle drei hier rumsitzen und Trübsal blasen.« Tante Catherine lächelte ihren Sohn liebevoll an. »Geh du ruhig mit Molly raus. Es ist so ein schöner Tag, den solltet ihr nicht verschwenden. Hier weiß man ja nie, wie lange es so bleibt.«

Arthur reichte Harriet vorsichtig an seinen Vater weiter, schob seinen Stuhl zurück und sprang auf. »Also? Wo wollen wir hin?«

»Denkt an den Nebel!«, hörten Molly und Arthur Onkel Bill noch rufen, als sie schon halb im Flur waren.

»Na klar, Dad!«, rief Arthur zurück, bevor er Molly angrinste und flüsterte: »Zumindest was das angeht, haben wir unsere Lektion gelernt. Okay … Fällt dir irgendwas ein, was wir unternehmen könnten, ohne in die Nähe dieses Kliffs zu kommen?«

Molly überlegte kurz. »Ich weiß was. Warum besuchen wir nicht Miss Badcrumble? Immerhin hat sie dieses Museum und weiß viel über die Geschichte der Insel. Wir könnten ihr den Kompass zeigen und hören, was sie davon hält.

Vielleicht kann sie uns sogar sagen, aus welcher Epoche er stammt.«

»Gute Idee! Mason können wir schließlich nicht noch mal fragen.« Arthur schüttelte sich. »Außerdem haben wir Miss Badcrumble schon länger nicht mehr gesehen. Ich vermisse die verrückte alte Schachtel irgendwie!«

Sie brauchten nicht lange, um ihre Schuhe anzuziehen, sich die Regenjacken für den Notfall um die Hüften zu binden und den Kompass zu holen, der in ein Handtuch gewickelt in Mollys Zimmer lag. Molly packte ihn vorsichtig in ihren kleinen Rucksack, dann brachen sie schnell auf, um Mason nicht über den Weg zu laufen. Ganz unbemerkt kamen sie jedoch nicht davon, denn Jack stürmte ihnen nach.

»Hey! Wo wollt ihr hin? Ich will mit!«, rief er.

Molly stöhnte genervt und drehte sich um. »Ich dachte, du spielst gerade. Wir gehen nur kurz … äh …«

»Einkaufen«, sagte Arthur. »Lebensmittel. Und wir kommen auch nicht an der Eisdiele vorbei.«

»Wirklich? Nur einkaufen? Sonst nichts? Ganz sicher?« Jack machte ein langes Gesicht.

»Ganz sicher.« Molly kreuzte die Finger hinter dem Rücken. »Und wir bleiben auch nicht lange.«

»Na gut.« Jack zuckte enttäuscht mit den Schultern und machte sich auf den Weg zurück in sein Zimmer. »Ich baue sowieso gerade Atlantis. Onkel Bill sagt, das war eine alte Stadt, die im Meer versunken ist.«

»Ja genau … und Jack baut sie nur nach, damit er sie gleich noch mal überfluten kann«, raunte Arthur Molly zu, bevor sich die Tür mit einem dumpfen Knall hinter ihnen schloss. Sie liefen die Auffahrt hinunter. »Glaubst du echt, Miss Badcrumble kann uns was über den Kompass sagen?«

Molly hob die Schultern. »Auf jeden Fall weiß sie eine Menge über Ravenstorm und die ganzen komischen Dinge, die hier vorgehen. Und sie ist eine Finsterflink!«

»Aber eine, die ihr ganzes Leben bei den Menschen verbracht hat. Das heißt also noch lange nicht, dass sie irgendwas über merkwürdige Kompasse oder geheimnisvolle Schiffe weiß, die sich in Luft auflösen«, gab Arthur zu bedenken.

Miss Badcrumble hatte ihnen erzählt, dass sie bei einer Menschenfamilie aufgewachsen und dadurch viel größer geworden ist als eine normale Flink. Ihre unpraktischen vogelklauenartigen Finger und Zehen waren allerdings geblieben – gut verborgen unter langen Röcken und wollenen Handschuhen.

»Einen Versuch ist es trotzdem wert.« Außerdem wollte ich dich einfach aus dem Haus bekommen, damit du aufhörst, dir Sorgen um Harriet zu machen, fügte Molly in Gedanken hinzu.

Der köstliche Geruch des Meeres in der Luft schien an diesem Morgen besonders stark zu sein. Über ihnen kreischten die Möwen, die sich faul auf den warmen Luftströmungen treiben ließen. Irgendwie fand Molly, dass sie heute ein bisschen verstört und windzerzaust wirkten. Sie schüttelte den Kopf und lächelte. Das war garantiert reine Einbildung!

Als sie dann jedoch nach Crowsnest abbogen, war sie sich nicht mehr so sicher. Sie blieben wie angewurzelt stehen und betrachteten ungläubig das Bild der totalen Verwüstung, das sich ihnen bot.

Eine riesige Buche war direkt auf die Hauptstraße gestürzt. Ein paar Männer schwangen bereits Kettensägen, aber die Straße war gesperrt, wie die Warnschilder zeigten. Zerbrochene Dachziegel lagen überall auf dem Bürgersteig und in den Gärten herum, zusammen mit Blättern und Ästen und einem zertrümmerten *Zu verkaufen*-Schild. Das Fenster des Postamts war hastig mit Holzbrettern vernagelt worden, und auf dem Boden darunter glitzerten kleine Glassplitter im Sonnenlicht.

»Was zur Hölle …?«, rief Arthur.

»Das muss der Sturm gewesen sein.« Molly blickte sich um, gleichermaßen erstaunt und entsetzt. »Aber das Schloss hat überhaupt nichts abbekommen. Verstehst du das? Bei uns müssten doch zumindest ein paar Ziegel vom Dach gefallen sein, wenn es hier so schlimm aussieht!«

»Du hast recht, das ist wirklich komisch«, pflichtete Arthur ihr bei. »Bei uns ist rein gar nichts kaputtgegangen. Das ist einfach nur …« – er suchte nach einem besseren Wort, fand jedoch keins – »… schräg!«

»Ravenstormschräg.« Molly nickte. »Lass uns nachschauen, ob bei Charley alles in Ordnung ist. Sie wohnt so nah am Meer, hoffentlich hat es ihr Haus nicht allzu schlimm erwischt.«

Arthur nickte, und sie machten sich eilig auf. Doch kaum waren sie in die Seegrasgasse eingebogen, entfuhr Molly ein kleiner Schrei. Von dem vertrauten Bild am unteren Ende der Gasse, wo das Kopfsteinpflaster in die Betonrampe zum Strand überging, war nichts mehr zu sehen. Ein Boot war von den Wellen an die Küste geschleudert worden und versperrte den Blick auf das Meer. Mit zerschmetterten Kajütenfenstern und zertrümmertem Bug lehnte es an den Felsen.

Bestürzt fragte Molly: »Das ist aber nicht Charleys Boot, oder?«

Arthur schüttelte den Kopf. »Nein, Charleys Boot ist blau und viel kleiner. Und guck, das da drüben bei der Kaimauer muss die Mannschaft sein. Wow, was für ein Durcheinander. Los, komm!«

Aufgeregt rannten die Kinder hinunter zum Wrack. Dort versorgten schon zahlreiche Inselbewohner die unter Schock stehende Besatzung mit Decken, Tee und Anteilnahme. Ein paar Leute kletterten auch auf dem zerschellten Boot herum und tauschten Reparaturvorschläge aus, während andere Kunststoff- und Holzstücke einsammelten und auf einen Haufen neben der Kaimauer warfen.

Eine von ihnen, eine braunhaarige junge Frau im Neoprenanzug, drehte sich um und lächelte Molly und Arthur müde entgegen.

»Charley! Was ist passiert?«

»Ist ein ganz schönes Schlachtfeld, was? Die drei Jungs hatten Glück, dass sie da lebend rausgekommen sind.« Sie nickte in Richtung der blassen, erschütterten Besatzungsmitglieder.

»Wir hatten keine Ahnung, dass der Sturm so gewütet hat.« Arthur schüttelte den Kopf. »Anscheinend war er oben beim Schloss nicht so schlimm.«

»Und selbst da war es schon ziemlich heftig«, ergänzte Molly. »Aber bei uns ist überhaupt nichts kaputtgegangen.«

»Das ist wirklich merkwürdig«, stellte Charley fest. »Nicht mal ein Baum umgekippt oder so was? Habt ihr die Hauptstraße gesehen?«

Molly nickte. »Als hätte eine Bombe eingeschlagen!« Sie drehte sich zum Bootswrack, und ihre Haare flatterten im böigen Wind. »Sie müssen ziemlich nah an den Küstenfelsen gewesen sein …«

»Sie hatten gerade erst abgelegt«, sagte Charley finster. »Sie wollten zurück zum Festland, weil das Wetter aufgeklart hatte und laut Vorhersage ruhig bleiben sollte. Ich habe mir keine Sorgen gemacht – sie sind aus der Gegend und kennen die Gewässer hier. Ich habe sie noch aus dem Hafen fahren sehen und gedacht, dass sie klarkommen würden.«

»Wir haben auch gedacht, dass der Sturm vorbei ist«, sagte Molly. »Es ist ja so gegen Mitternacht ein bisschen ruhiger geworden, aber dann um zwei hat der Wind beinahe mein Fenster eingedrückt! Es hat so gerumst, dass ich aufgewacht bin.«

»Es kam aus dem Nichts«, bestätigte Charley. »Dasselbe ist um sechs Uhr früh noch mal passiert. Alle haben sich gerade wieder sicher gefühlt, da ist der Sturm mit einem ohrenbetäubenden Knall zurückgekommen. Diese Jungs hier hatten keine Chance, als die große Welle sie erfasst hat.«

Arthur packte ein Stück Kunststoff und half Charley, es auf den Haufen zu wuchten. »Mich wundert, dass überhaupt noch Leute von Ravenstorm ablegen, wenn das Wetter so unberechenbar ist«, bemerkte er trocken.

»Aber das ist es gar nicht!« Charley klopfte sich die Hände ab, trat zurück und musterte das Wrack. »Natürlich ist das Wetter launisch, aber egal, was ich den beiden Touristen gestern erzählt habe, eigentlich ist es hier überhaupt nicht gefährlich, mit dem Boot rauszufahren. Das dürfen sogar Kinder in eurem Alter ohne einen Erwachsenen, solange sie in der Nähe des Ufers bleiben. Mehr als einen Regenschauer bekommt man dabei normalerweise nicht ab. Sonst sind die Wetterprognosen nicht derart unzuverlässig. Aber in den letzten paar Tagen war es unmöglich, *irgendetwas* vorherzusagen. Die Meteorologen sind völlig überrumpelt worden von den Unwettern. Selbst die Fischer haben heute gezögert rauszufahren, und ein paar sind tatsächlich hiergeblieben. Für die ganze Insel wurde eine Sturmwarnung rausgegeben.«

»Wenigstens habt ihr den Leuchtturm oben auf dem Kliff«, meinte Molly, als ihr der Ort wieder einfiel, an dem sie vor ein paar Wochen den kleinen Dorne, den vermissten

Sohn der Finsterflinkkönigin, gefunden hatten. »Der kann die vorbeifahrenden Schiffe warnen.«

»Schön wär's. Der Leuchtturm ist stillgelegt, schon seit Ewigkeiten, nicht wahr, Archie?«

Charleys letzte Bemerkung war an einen bärtigen Mann in Regenzeug gerichtet, der verdrossen den abgebrochenen Bug des Boots mit dem Fuß vor sich her beförderte.

»Stimmt«, erwiderte dieser. Er nahm seinen Hut ab und kratzte sich am Kopf. »Die Laterne da oben funktioniert schon seit hundert Jahren nicht mehr, und es gibt keinen Mechaniker, Elektriker oder Flammenbeschwörer, der sie reparieren kann.«

Molly und Arthur wechselten einen besorgten Blick, während Charley lachte.

»Ja, du lachst, Charlotte Beaumont, aber ich sage die Wahrheit. Der alte Kauz oben auf Schloss Ravenstorm damals, der hat sich für so was wie einen Hexenmeister gehalten. Hat den Leuten hier erzählt, er würde den Turm wieder zum Leuchten bringen. Als weder die Leute noch die Laterne auf ihn hören wollten, hat er sich in seinen Gemächern eingeschlossen und ist einen Monat lang nicht mehr rausgekommen. Hat geschmollt.« Ein Lächeln zuckte über Archies mürrisches Gesicht. »So sind sie eben, die Zauberer, nicht wahr?«

»Also, Mollys Eltern sind Zauberer«, sagte Arthur grinsend. »Vielleicht sollten die es mal probieren!«

»Na, dann viel Glück«, brummte Archie. »Auf diesem

Leuchtturm liegt ein waschechter alter Fluch, so sieht es aus.« Er kletterte um das Boot herum, um die andere Seite zu untersuchen.

Charley hob die Schultern. »Vielleicht hat er recht«, sagte sie. »Ich war heute Morgen auf meinem Routinetauchgang, und es gibt in einem Umkreis von fünfhundert Metern vor der Küste nichts Lebendiges mehr.«

Molly schaute sie verdutzt an. »Nichts? Überhaupt nichts?«

»Außer dem Seetang und den Muscheln, die an den Felsen kleben – aber selbst die hatten heute Ruhetag. Normalerweise wimmelt es in den Gewässern hier ja nur so von Fischen und Krabben!«

Molly schauderte unwillkürlich, als sie an den Ministurm dachte, der letzte Nacht in Jacks Eimer gewütet hatte. »Glaubst du, es könnte wirklich ein Fluch sein?«

Charley lachte kopfschüttelnd. »Ich glaube, die Fische sind ziemlich klug! Sie haben wahrscheinlich gespürt, wie das Wasser aufgepeitscht wurde, und sich aus dem Staub gemacht, bevor der Sturm richtig anfing. Sie kommen wieder zurück. Und ihr beiden hört nicht auf Archies Geschwätz. Das Wetter normalisiert sich bestimmt bald, genau wie das Meer. So ist es immer.«

»Sie hat recht, Molly.« Arthur warf ihr einen bedeutungsvollen Blick zu. »Und wir wollten doch eigentlich Miss Badcrumble besuchen gehen, oder nicht?«

»Stimmt ja!« Molly zog die Riemen ihres kleinen Rucksacks fest. »Na, dann lass uns los, Arthur.«

»Ach, Miss Badcrumble ist ein Schatz – ein bisschen überdreht, aber herzensgut.« Charley wandte sich wieder ihrer Arbeit zu. »Grüßt sie von mir!«

»Machen wir!« Molly winkte zum Abschied, während sie sich einen Weg durch das überall verstreute Treibgut zur Seegrasgasse hinauf bahnten. »Arthur«, fing sie leise an, als sie weit genug von den Inselbewohnern entfernt waren, »glaubst du nicht, dass bei der ganzen Sache irgendwie Magie im Spiel sein muss?«

»Doch, klar.« Arthur nickte. »Aber Charley würde das nie glauben, genauso wenig wie meine Mum oder mein Dad. Sie ist Wissenschaftlerin, vergiss das nicht. Sie würde das alles als altes Schauermärchen abtun, und damit wäre die Sache für sie erledigt. Es gibt nur eine Person, die das Ganze ernst nehmen wird, und das ist unsere hilfsbereite Finsterflink!«

Miss Badcrumbles Teeladen, der gleichzeitig ihr kleines Museum beherbergte, befand sich in einem windschiefen Häuschen mit eingesunkenem Dach, das auch vor dem Unwetter schon uralt und heruntergekommen ausgesehen hatte. Ein paar abgerissene Blätter von den Büschen im Vorgarten waren der einzige Beweis, dass der Sturm auch hier vorübergezogen war.

Die alte Dielentür stand offen, deshalb klopften die Kinder nur kurz an und traten gleich ein.

»Miss Badcrumble?«, rief Arthur.

»Oh!« Die Stimme kam aus den Tiefen der Museumsräume hinter dem Teeladen. »Ich bin hier. Einen Moment bitte …«

Es folgte ein besorgniserregendes Klappern und Scheppern. Molly und Arthur wechselten einen beunruhigten Blick und rannten dann schnell nach hinten. Miss Badcrumble balancierte auf der obersten Stufe einer wackeligen Stehleiter vor einem vollgestopften Regal. Ihr langer Rock hatte sich zwischen zwei Sprossen verfangen, und sie kämpfte verzweifelt mit ihren Handschuhen, die sich einfach nicht über die Klauenfinger streifen lassen wollten. Die Plastikdose, die sie gerade aus dem Regal geholt hatte, klemmte zwischen Kinn und Brust. Als sie Molly und Arthur erkannte, stieß sie einen erleichterten Seufzer aus, ließ die lästigen Handschuhe fallen und packte die klappernde Dose mit beiden Händen. Energisch pustete sie sich die zotteligen Haare aus dem Gesicht, bevor sie das Behältnis auf das letzte freie Stück des Regalbretts zurückknallte. Ihr Gesicht hellte sich auf. »Wie nett von euch, mich zu besuchen, Kinder. Wie wär's mit einem Tässchen Tee? Und vielleicht ein Stück Kuchen dazu?«

»Gern, Miss Badcrumble, danke!« Arthur zerrte an dem zerlumpten Rock der alten Dame, bis er ihn wieder freibekam und Miss Badcrumble einigermaßen gefahrlos heruntersteigen konnte. Trotzdem lief Molly nervös im Halbkreis um die Leiter herum, falls die alte Flink plötzlich stolperte und aufgefangen werden musste.

»Wird das eine neue Auslage?«, fragte sie neugierig.

»Ja! Gefällt sie dir? Es sind Fossilien und … andere Sachen«, sagte die alte Frau vage und wedelte in Richtung des Regalbretts.

Molly schielte argwöhnisch nach oben. Eines der Sandsteinfossilien auf dem Brett war ziemlich groß, und selbst im schummerigen Licht konnte sie etwas erkennen, das aussah wie die Abdrücke von scharfen Zähnen. Das ist nur eine große Eidechse, redete sie sich entschlossen ein. Vielleicht auch ein Dinosaurier, aber ganz bestimmt kein Drache …

Miss Badcrumble schien sich wirklich über ihren Besuch zu freuen und wuselte so lange im Teeladen herum, bis sie ein Tablett mit einer Teekanne, Tassen und drei verschiedenen Kuchensorten bestückt hatte. »Und, was hat sich hier auf der Insel in letzter Zeit getan?«, fragte sie erwartungsvoll. »Ich war so beschäftigt, dass ich überhaupt nichts mitbekommen habe.«

»Schön, dass Ihr Garten den Sturm letzte Nacht gut überstanden hat«, sagte Arthur.

»Sturm? Herrje. Herrjemine. Dann ist im Dorf bestimmt schrecklich viel kaputtgegangen?«

Arthur verdrehte die Augen und grinste Molly an. »Ja, es war ein ziemlich heftiger Sturm, Miss Badcrumble.«

»Mir ist gleich aufgefallen, dass ihr beiden ein wenig besorgt ausseht.« Miss Badcrumble biss gedankenverloren in ein Stück Mohnkuchen.

»Na ja … das liegt, ehrlich gesagt, nicht nur an dem Unwetter«, gestand Molly. »Es gibt noch etwas anderes, über das wir mit Ihnen reden wollten.« Sie zögerte, als sie sich an Masons Reaktion auf den alten Kompass erinnerte. Was, wenn Miss Badcrumble genauso geschockt reagieren würde?

Arthur sagte: »Ja, Miss Badcrumble, Molly hat gestern am Strand etwas Ungewöhnliches gefunden, und wir dachten, Sie wüssten vielleicht etwas darüber.«

»Ach?« Miss Badcrumble beugte sich eifrig vor und verteilte überall Kuchenkrümel, während Molly in ihrem Rucksack wühlte. Sie zog den Kompass heraus und legte ihn auf den Tisch.

Die alte Flink starrte das Instrument verblüfft an, zeigte aber keinerlei Anzeichen von Bestürzung oder Angst. »Der ist wirklich hübsch. Und du hast ihn am Strand gefunden, sagst du? Herrje. Derjenige, der ihn verloren hat, war sicher sehr traurig.«

»Er ist wunderschön, nicht?« Molly strich erleichtert über die Glaskapsel. »Wir wollen herausfinden, wo er herkommt, aber wir haben keine Ahnung, wo wir mit der Suche anfangen sollen. Wir dachten, Sie könnten uns vielleicht helfen. Immerhin wissen Sie so viel über die Geschichte der Insel.«

Miss Badcrumble wirkte geschmeichelt, schüttelte aber betrübt den Kopf. »Ich fürchte, da muss ich passen, meine Lieben. So etwas wie diesen Kompass habe ich noch nie gesehen.«

»Oh.« Molly machte ein langes Gesicht.

Dann hellte sich Miss Badcrumbles Miene schlagartig

wieder auf. »Habt ihr Mason schon gefragt?«, erkundigte sie sich. »Er lebt sogar noch länger als ich auf Ravenstorm, womöglich weiß er etwas.«

»Das ist es ja«, erwiderte Arthur. »Als wir ihm den Kompass gezeigt haben, wäre er vor Schreck fast umgekippt. Ich will ihn nicht noch mal fragen, sonst kriegt er vielleicht einen Herzinfarkt.«

»Ach du liebes bisschen. Nein, nein, natürlich nicht. Wie umsichtig von dir, mein Lieber«, lobte die alte Finsterflink.

Dann saßen sie alle eine Weile schweigend da und sannen über den Kompass und seine Geheimnisse nach. Die Windrose schimmerte im Sonnenlicht, das durch das Fenster der Teestube fiel, und Molly konnte sich beinahe vorstellen, wie die eingravierten Windböen wirbelten und die Wolken träge vor der Mondsichel dahinzogen.

»Sie haben hier doch viele antike Schiffsutensilien, Miss Badcrumble«, sagte Arthur schließlich. »Fischernetze, Schwimmkörper und diese alten Knochenschnitzereien. Eventuell finden wir irgendwelche Hinweise, wenn wir ein bisschen herumstöbern dürfen.«

»Natürlich dürft ihr, schaut euch ruhig um, so lange ihr wollt.« Miss Badcrumble runzelte die Stirn. »Ich bin mir allerdings sicher, dass ich nichts habe, was so aussieht wie dieser Kompass. Daran hätte ich mich sofort erinnert.«

Sie stand auf und führte Molly und Arthur wieder in den Museumsbereich, bis zu einer Reihe Schaukästen in einer dunklen Ecke. Nachdem sie den Staub von den Glasscheiben gewischt hatte, deutete sie mit ihrem dünnen Klauenfinger hinein.

»Vielleicht fangt ihr am besten hier an. Lauter … ähm, Seefahrersachen.« Miss Badcrumble zog ihre Hand hastig zurück. »Aber ich weiß nicht viel darüber. Ich mag keine … na ja, ihr wisst schon. Schiffe eben.«

Molly wischte noch mehr Staub weg und untersuchte den Inhalt der ersten Vitrine. Da lagen ein Fernrohr aus Messing, ein Sextant und ein paar Dublonen, kunstvoll aufgetürmt zu einem kleinen Haufen. Nichts davon ähnelte dem Kompass.

»Ein Holzbein!«, rief Arthur plötzlich aufgeregt. »Wie von Kapitän Ahab in *Moby Dick*. Oder wie von dem Piratenkapitän in deiner Geschichte gestern, Molly. Ob das echte Bein wohl ein Seeungeheuer gefressen hat?«

»Oh, ich hoffe nicht.« Miss Badcrumble schüttelte sich. »Jeder Kapitän hier aus der Gegend wäre klug genug, die Schlangen zu meiden. Aber vielleicht war es ein Hai?«

Molly warf Arthur einen entsetzten Blick zu und beschloss, lieber nicht nachzuhaken, was Miss Badcrumble genau meinte.

Die alte Flink fuhr fort: »Und das Bein ist nicht aus Holz, mein Lieber, sondern aus Walknochen. An der Seite sind Schnitzereien, schaut, ihr beiden!«

Tatsächlich! Fasziniert beugte Molly sich vor. Leider handelte es sich bei den Schnitzereien nur um ziemlich primitive Abbildungen von Jollen und Ruderbooten und Seemännern mit Harpunen, die den eleganten Gravuren auf dem Kompass kein bisschen ähnelten. Allmählich begann sie zu glauben, dass ihr Fund rein gar nichts mit Ravenstorm oder dem geheimnisvollen Schiff zu tun hatte und Arthur und sie einem Hirngespinst nachjagten.

»Was ist das denn da?«, fragte Arthur und deutete auf einen Stapel Treibholz hinter einer Absperrung.

Miss Badcrumble zwirbelte eine graue Haarsträhne zwischen den Klauenfingern. »Hm, also, ich weiß nicht, ob diese Dinger überhaupt von Bedeutung sind«, murmelte sie mit nachdenklicher Stimme, »aber mir ist aufgefallen, dass Lack daran ist. Seht ihr? Als ich sie am Strand herumliegen sah, dachte ich mir, dass sie bestimmt von einem Schiff stammen, deswegen habe ich sie mitgenommen.«

Molly stutzte. »Hey! Das hier hat Augen!«

Arthurs Blick folgte ihrem ausgestreckten Finger. Das Holzstück hatte wirklich Augen, wilde, stolze Augen in Rot und Schwarz. Obwohl die Farbe alt und verblasst war und bereits abblätterte, schien ein boshaftes Leuchten von ihnen auszugehen. Molly war erleichtert, dass vom Rest des Gesichts jede Spur fehlte.

»Sie sehen ein wenig unheimlich aus, oder?«, befand Miss Badcrumble.

»Ein klein wenig«, stimmte Arthur ihr trocken zu. »Was, glauben Sie, war das wohl, als es noch ganz war?«

»Oh, ich bin mir nicht sicher«, antwortete Miss Badcrumble, »aber ich glaube, es war eine Galionsfigur – von einem

Schiff, wisst ihr? Vielleicht ist sie abgebrochen, in einem Sturm wie … nun, wie gestern Nacht zum Beispiel.«

»Das kann gut sein«, sagte Molly. »Letzte Nacht ist wirklich ein Schiff auf die Felsen aufgelaufen. Ich vermute, so was ist im Laufe der Jahre schon oft passiert.«

»Herrje, tatsächlich? Wie schrecklich! Nun ja, diese Holzstücke sind zwar ganz interessant, aber ich habe nie Genaueres über sie herausfinden können. Und sie scheinen auch nichts mit eurem Kompass zu tun zu haben«, schloss die alte Finsterflink.

»Sieht zumindest nicht so aus.« Molly seufzte, holte aber vorsichtshalber den Kompass aus der Teestube. Miss Badcrumble nahm ihn in die Hand und untersuchte ihn von allen Seiten.

»Oh!« Die alte Dame presste erschrocken die Klauenhand vor den Mund.

»Was? Miss Badcrumble, was ist los?« Arthur starrte sie an.

Molly legte sanft eine Hand auf den spindeldürren Arm der alten Frau und schob ihn zur Seite, bis sie den Kompass sehen konnte. Miss Badcrumble blickte voller Entsetzen auf etwas, das auf der Rückseite des Gehäuses eingraviert war.

Molly beugte sich vor. »Ein Totenkopf. Deswegen dachte ich, es wäre bloß ein Souvenir. Ein Gag, wissen Sie?«

»Oh, es ist kein bisschen lustig.« Miss Badcrumbles Stimme zitterte. »Und es ist auch kein Totenkopf, meine Liebe, ganz und gar nicht. Da, siehst du? Es ist ein Auge.«

Und tatsächlich. Mollys Nacken kribbelte, als sie genauer hinschaute. »So etwas habe ich noch nie gesehen. Sie haben recht: Es ist ein Auge mit gekreuzten Knochen darunter!«

»Und kein besonders freundliches Auge«, bemerkte Arthur, der ihr über die Schulter guckte. »Erinnert mich an die Augen auf dem Treibholzstück. Es sind nicht die gleichen, aber genauso böse.«

»Ja. Ich glaube nicht, dass da wirklich eine Verbindung besteht, aber das ist bis jetzt alles, was wir haben.« Molly blickte zu Miss Badcrumble hinauf. »Sie haben dieses Zeichen schon einmal irgendwo gesehen, nicht wahr?«

»O ja. Ja, das habe ich!« Die Hände der alten Finsterflink zitterten. »Aber das ist schon so lange her. Ich war noch ein Kind. Ein kleines Mädchen. Herrjemine.«

»Erzählen Sie es uns«, sagte Arthur und schob der alten Frau einen Stuhl hin, weil ihre Beine ganz wackelig waren.

Molly konnte die Ungeduld in seiner Stimme hören. Gespannte Erwartung lag in der Luft. Das hier könnte wichtig sein! Vielleicht würde es sogar erklären, woher der Kompass kam. Trotzdem tat Miss Badcrumble ihr leid, und sie hoffte, Arthur würde sie nicht so sehr verschrecken, dass sie am Ende gar nichts mehr sagte. Angst strömte von der alten Flink aus. Irgendetwas musste sie in der Vergangenheit furchtbar erschüttert haben, etwas, das mit diesem Symbol zusammenhing.

»Oh, Miss Badcrumble, setzen Sie sich doch. Bitte!« Molly klopfte auffordernd auf die Sitzfläche des Stuhls. »Erzählen

Sie uns, was passiert ist. Und nehmen Sie sich so viel Zeit, wie Sie brauchen.«

»Gut, Molly. In Ordnung. Nun denn.« Miss Badcrumble sank dankbar auf den angebotenen Stuhl. Sie war sichtlich aufgewühlt, als sie zu erzählen begann: »Wie gesagt, ich war noch ein kleines Kind, als ich das Zeichen zum ersten Mal gesehen habe. Es ist schon sehr, sehr lange her, ja, die wenigsten, die heute auf Ravenstorm leben, waren damals überhaupt schon geboren! Von den Menschen, zumindest …«

»Erzählen Sie weiter«, drängte Arthur.

»Nun ja, also – ich lebte schon bei meiner menschlichen Familie …« Miss Badcrumble faltete die Klauenhände auf ihrem Schoß. Allmählich entspannte sie sich. Es schien fast, als hätte sie Spaß daran, ihnen ihre Geschichte zu erzählen. »Damals wurde die Insel oft überfallen – von Strandräubern oder Schmugglerbanden. Einen solchen Überfall wie den der Piraten hatte ich jedoch noch nie zuvor erlebt. Niemand konnte etwas gegen sie ausrichten. Man konnte sie weder verletzen noch verjagen. Weil sie übernatürliche Wesen waren, versteht ihr? Geister!«

Geisterpiraten! Molly klopfte das Herz bis zum Hals, als die alte Flink weitersprach.

»Sie plünderten die ganze Insel, von Nord nach Süd, von Ost nach West. Sie ließen nichts übrig. Sie stahlen Gold, Juwelen und andere wertvolle Dinge aus dem Schloss. Sie raubten Vorräte, Wein, ja sogar die Pferde! Und sie stahlen noch etwas anderes, etwas Großes.«

»Was?«, riefen Molly und Arthur gleichzeitig.

Miss Badcrumble hob die Augenbrauen, als würde etwas in ihrer Erinnerung sie erschrecken. »Das weiß ich nicht. Ich erinnere mich nur daran, dass es in ein riesiges Bündel gewickelt war und dass sie es ganz vorsichtig trugen. Aber was es war, das weiß der Himmel!«

»Oh«, sagte Arthur enttäuscht. »Lassen Sie mich raten: Und dann sind die Piraten verschwunden und nie wieder zurückgekehrt?«

»Ja. Aber erst, nachdem ich dem Kapitän in die Arme gelaufen bin. Das werde ich niemals vergessen …« Miss Badcrumble schauderte.

»Erzählen Sie weiter!« Jetzt überschlug Arthur sich fast vor Neugier.

»Ich war zu jung, um auch nur einen Funken Verstand zu haben. Ich war genau wie ihr«, sagte die alte Dame streng, »immer auf der Suche nach einem kleinen Abenteuer. Deswegen habe ich mich nach draußen geschlichen, um aus der Nähe einen Blick auf die Piraten zu erhaschen. Brr! Ich hatte sie ankommen sehen, auf ihrer großen, geisterhaften Galeone mit den zerfetzten Segeln und der flatternden Flagge mit ihrem Zeichen: dem Auge und den Knochen.«

Molly schauderte. »Das große Schiff! Miss Badcrumble, wir haben es gestern gesehen, draußen auf dem Meer!«

»Nein!« Die alte Flink schaute das Mädchen entgeistert an. »Ist es ganz plötzlich da gewesen? Und dann einfach verschwunden und später wieder aufgetaucht?«

»Genau so«, bestätigte Arthur. »Aber erzählen Sie weiter, was damals passiert ist, Miss Badcrumble. Bitte!«

Die alte Flink nickte eifrig. »Also, wo war ich? Ah ja … Da war ich nun, wo ich nicht sein sollte, draußen in einer so schrecklichen Nacht. Ich lugte um die Ecke der Seegrasgasse, und da stand er: der Piratenkapitän, genau vor mir, und starrte mich an! Er war riesig, wild, und er trug das Haar in drei Zöpfen, und in seinem geflochtenen Bart hing tropfnasser Seetang. Aber sein Gesicht – oh, das war das Schlimmste! Die eine Seite war ganz vernarbt, mit Bissspuren so tief, dass die weißen Knochen durchschimmerten. Es war ein schrecklicher Anblick, doch ich konnte nicht wegsehen, o nein. Außerdem knurrte er mich an, ganz furchterregend wie ein grimmiger Wolf, und er zog sein Entermesser, genau so, seht ihr« – die alte Frau zog einen imaginären Säbel –, »und er packte mich und hielt mir die Klinge an die Kehle.«

Molly und Arthur waren verstummt, gefesselt von der Erzählung. Molly war so gespannt, dass sie kaum Luft bekam.

»*Stell dich niemals zwischen einen Piraten und seine Beute,* donnerte er. *Du dummes Balg, ich sollte dich hier und jetzt in Stücke hauen!*« Miss Badcrumble hieb wild durch die Luft mit ihrem eingebildeten Säbel. »*Doch ich lasse dich am Leben, mit einer Warnung an alle anderen Landratten: Wer sich Black Edward Sharksbane in den Weg stellt, bekommt seine Klinge zu spüren. Wie du!* Und dann lachte er das grausamste Lachen, das ich je gehört habe, und schnitt eine Locke neben meinem Ohr ab – genau hier – und ließ sie fallen. Dann drehte er sich ohne ein weiteres Wort um, stolzierte seelenruhig die Seegrasgasse hinunter und verschwand.«

Miss Badcrumble blickte Molly und Arthur erwartungsvoll an.

»Wow«, sagte Arthur schließlich. »Klingt nach einem richtig netten Kerl.«

Miss Badcrumble flüsterte: »Es heißt, er hat den Hai getötet, während der noch in sein Gesicht verbissen war.«

»Der arme Hai«, sagte Molly.

»Hat den Mund zu voll genommen«, presste Arthur hervor und versuchte, ein Glucksen zu unterdrücken.

»Das ist nicht zum Lachen«, sagte Miss Badcrumble beleidigt.

»Natürlich nicht«, beschwichtigte Molly sie und stieß Arthur in die Rippen.

»Hütet euch vor Black Edward«, warnte die alte Frau sie mit weitaufgerissenen Augen. »Wenn dieser Kompass ihm gehört, wird er ihn zurückhaben wollen. Und ihr müsst ihn zurückgeben! Verstanden?« Sie griff mit ihren spindeldürren Fingern nach Mollys und Arthurs Händen. »Ihr habt gesagt, ihr habt das Geisterschiff gesehen? Das bedeutet, dass er zurück ist – Black Edward Sharksbane! Er wird nach Ravenstorm kommen, um zu holen, was ihm gehört – und was nicht ihm gehört, gleich dazu. Und wenn er da ist, müsst ihr mir eins versprechen: Versprecht, dass ihr euch von ihm fernhaltet! Sonst lässt er euch vielleicht nie wieder gehen …«

4

Einen Moment lang schienen sie alle die Luft anzuhalten in dem stickigen, staubigen Museum. Dann flötete plötzlich eine Amsel direkt vor dem Fenster, und der Bann war gebrochen.

»Okay«, erklärte Arthur und seufzte. »Sie brauchen sich keine Sorgen zu machen, Miss Badcrumble. Ich hab es bestimmt nicht eilig, mit Black Edward Bekanntschaft zu schließen. Und Molly kann unseren kleinen Zauberer im Auge behalten.«

»Ja, Jack würde wahrscheinlich zu ihm rennen und ihn nach Piratentricks fragen«, sagte Molly. »Aber Miss Badcrumble, es gibt da was, bei dem wir vielleicht helfen können. Und es ist auch überhaupt nicht gefährlich. Es könnte sogar verhindern, dass andere in Gefahr geraten. Wir wollen versuchen, den Leuchtturm zu reparieren.«

Die Augen der alten Flink weiteten sich wieder. »Den Leuchtturm? In dem wir Prinz Dorne gefunden haben?«

»Genau. Charley sagt, er funktioniert nicht mehr. Und das schon seit Ewigkeiten.«

»Ein alter Mann unten am Strand meinte, er sei verflucht«, fügte Arthur hinzu.

»Ja, *natürlich* ist er verflucht. Was habt ihr denn gedacht?«, erwiderte Miss Badcrumble. »Die Finsterflinkkönigin hielt das grelle Licht für eine Zumutung. Weil es die Sicht auf den Sternenhimmel verdirbt, versteht ihr?«

»*Natürlich* ist er verflucht«, echote Arthur und unterdrückte einen weiteren Lacher, als er Mollys Blick begegnete. »Meinen Sie nicht, dass die Lichtstörung in der Nacht es vielleicht wert ist, wenn dafür keine Schiffe mehr zerschellen?«

»Oh, natürlich, natürlich. Aber ihr kennt doch die Königin, meine Lieben. Sie kann ziemlich halsstarrig sein, wenn es darum geht, ihren Willen durchzusetzen. Die Laterne kann durchaus repariert werden, aber da mich niemand gefragt hat, wollte ich mich nicht einmischen. Hier.« Miss Badcrumble stand auf, schüttelte den langen Rock über ihre Vogelklauenfüße und wuselte geschäftig zurück in den Teeladen. »Ich weiß, dass es hier irgendwo ist … Wo kann ich es nur hingeräumt haben … Ah!«

Mit einem Siegerlächeln kroch die Finsterflink aus einem alten Schrank heraus und pustete Staub und Spinnweben von einer kleinen Kristallphiole, bevor sie sie an ihrem Rock ganz sauber rubbelte. Der Korken war mit orangefarbenem Wachs versiegelt, das an Mollys Fingern kleben blieb, als Miss Badcrumble ihr die Phiole reichte.

»Sie ist leer.« Molly warf der alten Dame einen fragenden Blick zu.

»Nein, nein, im Gegenteil. Sie ist voll.« Miss Badcrumble

nahm Molly die Phiole wieder aus der Hand, hielt sie gegen das Licht und spähte hinein. »Ja, voll bis obenhin. Das wirst du später noch sehen.«

»Später?«

»Später. Zur finstersten Stunde der Nacht, gib acht.«

Zur finstersten Stunde der Nacht, hatte Miss Badcrumble gesagt. Molly schaute sich prüfend um. Nein, viel finsterer als jetzt konnte es nicht mehr werden. Hellwach schwang sie sich aus dem Bett, nahm ihre Armbanduhr vom Nachttisch und schielte nach der Zeit. Kurz nach zwei Uhr früh. War das nicht die dunkelste Stunde, oder zumindest fast?

Wieder einmal trommelte Regen gegen die Fenster von Schloss Ravenstorm, begleitet vom Ächzen und Heulen des Windes. Wie Molly es mit Arthur abgesprochen hatte, war sie in Jeans und T-Shirt schlafen gegangen, damit sie jetzt nur noch in ihren Pulli und die Turnschuhe schlüpfen und sich ihren Rucksack schnappen musste. Irgendwie wäre alles sehr viel einfacher, wenn wir uns noch ein Zimmer teilen würden wie am Anfang der Ferien, dachte Molly. Dann erinnerte sie sich mit einem Lächeln, wie wenig begeistert sie zunächst davon gewesen waren. Wenigstens lag das Zimmer ihres Cousins nur ein kurzes Stück den Flur hinunter. Als Molly sich auf Zehenspitzen durch die schaurige Dunkelheit geschlichen hatte und Arthurs Zimmertür aufschob, wartete er schon auf sie, fertig angezogen und mit leuchtenden Augen.

Molly grinste ihn an. »Hörst du den Sturm da draußen?«, flüsterte sie. »Lass uns Regenjacken mitnehmen. Sonst müssen wir morgen früh noch erklären, warum unsere Sachen tropfnass sind.«

Es war nervenaufreibend, durch das knarrende alte Haus zu schleichen, wo die kleine Harriet jeden Moment aufwachen konnte. Die beiden hatten jedoch Glück: Alle Hausbewohner schienen fest zu schlafen. Arthurs Eltern waren anscheinend zu erschöpft von den Nachtwachen bei ihrem Neugeborenen, um etwas von ihrem Aufbruch mitzubekommen. Molly und Arthur erreichten die Eingangstür, ohne jemanden aufzuwecken, und rannten durch den strömenden Regen die Auffahrt hinunter, über die Felder zum Kliff und weiter zum Leuchtturm.

Er wirkte ganz einsam und verlassen in der Dunkelheit, die kaputte Laterne wie ein blindes Auge. Trotz des Regens wurde Molly langsamer und zögerte, als sie die Hand auf das kleine rostige Tor legte. Nach einem ungeduldigen Schubs von Arthur stieß sie es jedoch beherzt auf, und die Kinder stürmten die Stufen hoch, öffneten die Tür und fielen beinahe kopfüber ins Innere des Leuchtturms, so erleichtert waren sie, endlich ins Trockene zu kommen.

Das schmatzende Geräusch ihrer nassen Turnschuhe drang durch die stille Dunkelheit. Arthur richtete seine Taschenlampe auf die gewölbte Wand.

»Hier hat sich überhaupt nichts verändert«, flüsterte Molly.

»Nein«, gab Arthur gedämpft zurück. »Sieht fast so aus,

als wäre niemand mehr hier gewesen, seit wir das letzte Mal da waren. Außer dir und Miss Badcrumble natürlich.«

Kisten und aufgewickelte Schiffstaue stapelten sich rundherum, zusammen mit einem Haufen grüner Bojen, von denen einige bereits kaputt waren. Eine zierliche Wendeltreppe wand sich ins verlassene Lampenhaus hinauf.

Mollys und Arthurs Schritte hallten laut auf den eisernen Stufen wider, als sie nach oben auf die Galerie stiegen, die die Laterne umgab. Hin und wieder lugte der Mond zwischen den dichten Wolken draußen hervor, und obwohl die Fenster trübe und stumpf waren, ließen sie genug Licht herein, dass die beiden Abenteurer einander auch ohne Taschenlampe sehen konnten, deshalb knipste Arthur sie aus und zog die Glasphiole aus der Hosentasche. Er hielt sie in das fahle Licht, doch egal wie angestrengt sie hineinschielten, das kleine Gefäß schien immer noch genauso leer zu sein wie vorher.

»Jetzt ist die finsterste Stunde«, sagte Molly. »Dunkler wird's garantiert nicht mehr. Lass uns warten, bis der Mond hinter einer Wolke verschwindet, nur um ganz sicherzugehen, dann machen wir sie auf.«

»Ich bin mir nicht sicher, ob Miss Badcrumble weiß, was sie tut«, sagte Arthur. Trotzdem zupfte er beharrlich an dem klebrigen Siegelwachs, das den Korken auf der Phiole hielt, bis er es entfernt hatte. Danach machte er sich mit gerunzelter Stirn daran, die Flasche zu öffnen. »Der steckt wirklich fest. Ich frage mich, wie lange Miss Badcrumble das

Ding schon im Schrank liegen hatte«, murmelte er zähneknirschend.

»Gib mal her.« Molly versuchte ihr Glück, aber der Korken bewegte sich keinen Millimeter, nicht einmal, als sie mit den Zähnen zog.

»Ich glaub, den kriegen wir nie raus«, meinte Arthur finster. »Und selbst wenn, das Zeug da drin ist bestimmt schon längst verdunstet. Deswegen sieht das Ding auch so leer aus.« Er drehte sich zur Laterne und betastete das komplizierte Gerät ziemlich planlos. »Wer weiß, vielleicht muss man einfach ein bisschen Gewalt anwenden. Bei Dads Laptop funktioniert das auch immer – ein ordentlicher Schlag, dann läuft er wieder tadellos.«

»Hör auf!« Gerade als Molly ihren Cousin zurückhalten wollte, wanderte ihr Blick auf das tosende Meer hinaus, das sogar noch schwärzer war als der Nachthimmel. Das, was sie dort entdeckte, erschreckte sie so sehr, dass sie laut aufschrie. »O Gott, ist das da ein Schiff?«

Arthur wirbelte herum und kniff die Augen zusammen. »Ich glaube, ja – ja, ganz sicher! Molly, es kommt direkt auf uns zu! Die können die Felsen nicht sehen!«

Mollys Herz raste. Das musste der Grund sein! Warum sonst sollten sie so zielstrebig auf die Küste zusteuern? Weiße Gischt spritzte um den Bug, während das Schiff durch die hohen, wütenden Wellen pflügte. Es war nur ein dunkler Umriss, der allerdings immer größer wurde und mit jeder Sekunde näher kam.

Verzweifelt zerrte Arthur an der Laterne. »Vielleicht ist sie bloß verrostet – sie lässt sich nicht mal bewegen.«

»Das Schiff ist viel größer als das Boot, das gestern Nacht aufgelaufen ist«, stöhnte Molly. »Da sind bestimmt viel mehr Menschen an Bord. Die werden keine Chance haben!« Noch einmal kämpfte sie mit dem Korken auf der Phiole. »Warum wollen sie ausgerechnet in diese Richtung? Was haben sie denn vor?«

»Vielleicht wollen sie zum Hafen?« Arthur gab auf und versetzte der Laterne einen heftigen Tritt, aber das brachte auch nichts. Das Glas bebte, doch der Leuchtkörper selbst blieb so dunkel wie vorher, und der Drehmechanismus bewegte sich nicht.

»Ach, dieses blöde Ding!« Wutentbrannt schmiss Molly die Phiole gegen das Fensterbrett.

Sie zerbarst in glitzernde Kristallsplitter, die quer durch die Galerie flogen. Ein Ball aus reinstem silbernen Licht brach hervor. Molly und Arthur duckten sich verblüfft. Wirbelnd erfüllte der Lichtball den Raum, dann schoss er in die erloschene Laterne hinein.

Das silberne Licht schrumpfte zu einer kleinen grellen Kugel, bevor es erneut mit gleißender Helligkeit explodierte und einen blendend weißen Strahl hinaus über das dunkle Meer schickte.

Molly stieß einen triumphierenden Schrei aus. Arthur fiel ihr um den Hals, und beide hüpften aufgeregt auf und ab.

»Guter Wurf, Molly! Warum ist mir das nicht eingefallen?« Schnell wandte Arthur sich wieder dem Schiff zu. »Juhu! Jetzt drehen sie bestimmt ab.«

Molly stolperte zum Fenstersims und spähte neben Arthur hinaus. »Es hat wirklich funktioniert! Die gute alte Miss Badcrumble!«

Doch während sie das Schiff beobachteten, wich Mollys Lächeln allmählich einem verwirrten Stirnrunzeln. Ungläubig sog sie die Luft ein.

»Warum steuern die immer noch auf uns zu?«, fragte sie.

Arthur schüttelte langsam den Kopf. »Vielleicht blendet das Licht den Kapitän?«

»Nein«, sagte Molly, und ein ungutes Gefühl breitete sich in ihrem Magen aus. »Nein, schau dir das Schiff an. Es ist das alte Schiff – das Geisterschiff!«

Wie festgefroren standen die beiden Kinder da und starrten entsetzt in die Nacht. Mittlerweile konnten sie die Takelage und die zerfetzte Flagge erkennen, die am höchsten Mast flatterte, und die stolze Galionsfigur über den berstenden Wellen.

»Sie sind es«, flüsterte Arthur. »Sie kommen.«

Als die Galeone den gleißenden Lichtstrahl des Leuchtturms kreuzte, sahen Molly und Arthur die Besatzung: eine ganze Horde bis an die Zähne bewaffneter Männer in abgetragenen Gehröcken und Kniehosen, die Säbel und Entermesser schwangen. Irgendetwas war merkwürdig an der Art, wie das Licht von Mond und Leuchtturm auf sie schien –

was daran lag, dass es eben nicht *auf* sie schien, wie Molly feststellte. Es schien durch sie hindurch!

»Das sind Geister!«, schrie Molly. »Die Geisterpiraten – sie sind zurück!«

»Wie Miss Badcrumble gesagt hat«, stöhnte Arthur. »O nein. Und wir haben sie direkt zur Insel geführt!«

»Ich glaube nicht, dass sie unsere Hilfe gebraucht haben.« Molly schauderte und spürte plötzlich deutlich die Nässe und Kälte. Fröstelnd schlang sie die Arme um den Oberkörper. »Die sehen aus, als wüssten sie genau, wo sie hinmüssen.«

Arthur zeigte auf das Schiff. »Schau dir bloß die Flagge an!«

»Auge und gekreuzte Knochen. Wir müssen etwas unternehmen!«

Das Schiff hatte den Hafen noch lange nicht erreicht – es war noch immer jenseits des Riffs, wo die Wellen sich schäumend brachen –, doch die Piraten strömten bereits von den Decks und der zerrissenen Takelage und sprangen über Bord. Das aufgewühlte Meer schien sie zu tragen; ihre Füße durchbrachen nicht einmal die Wasseroberfläche. Mit unglaublicher Geschwindigkeit stürmte die bleiche Geisterhorde auf die Küste zu. Sobald die Piraten die Insel erreichten, wurde der Regen stärker, und die Gewalt des Sturms verdoppelte sich. Grelle Blitze färbten das Meer silbern.

Molly zitterte vor Angst, und als Arthur ihren Arm packte, war sein Griff schreckensstarr.

»Zu spät! Wir können nichts mehr tun«, flüsterte er.

»Nein«, widersprach Molly. »Wir müssen es versuchen. Wir müssen die Inselbewohner warnen!«

»Okay. Sie glauben vielleicht nicht an Geistergeschichten, aber ihren eigenen Augen werden sie ja wohl trauen.«

Sie verließen die Laterne, die sich jetzt reibungslos drehte und ihr Licht über das Meer aussandte, rannten die Wendeltreppe hinunter und warfen die Leuchtturmtür hinter sich zu. Bis nach Crowsnest war es nicht weit, doch als Molly und Arthur keuchend und durchnässt dort ankamen, zogen die Geisterpiraten bereits randalierend durch die menschenleeren Straßen.

Der Sturm schien durch ihre Anwesenheit noch schlimmer zu werden: Wo die Piraten auftauchten, stürzte der Regen noch heftiger vom Himmel und prasselte mit zerstörerischer Macht auf Dächer und Fenster, während der heulende Wind an den Bäumen zerrte und Straßenschilder herumwirbelte. Das heisere Grölen und Kreischen der Plünderer verschmolz mit dem ohrenbetäubenden Brausen des Unwetters.

Ein bulliger Pirat mit Hakennase hockte rittlings auf einem Dach, riss Ziegel heraus und pfefferte sie in den Garten hinunter, angefeuert von zwei johlenden Kameraden. Ein anderer hackte mit seinem Säbel auf eine Eiche ein, in deren Krone sein Kumpan saß und sich vor Lachen bog. Als der Baum schließlich umkippte, sprang er von seinem Ast auf das Dach eines parkenden Autos und verpasste ihm eine große Delle. Zwei Seeräuber in zerschlissenen Westen schmissen Ziegelsteine durch Windschutzscheiben, während andere an den Wäscheleinen in den Gärten zerrten und ein Spottlied auf die Schiffstaue anstimmten, als die Schnüre rissen. Zwei Piratinnen, die aussahen wie Zwillinge, zertrampelten mit ihrem irren Tanz ein sorgfältig angelegtes Rosenbeet. Ein einäugiger Seeräuber warf eine Mülltonne in die Luft, wo der Wind sie erfasste und die Straße hinunterschleuderte.

Arthur zog Molly am Ärmel. »Der Sturm letzte Nacht – das waren die Piraten!«

»Und sie tun es wieder«, knurrte Molly.

Dann hielt sie vor Schreck die Luft an: In einem der Häuser ging das Licht an. Ein Mann mit Gummistiefeln über der Pyjamahose und einem Regenschirm in der Hand, kam auf die Veranda gestolpert. Bevor Molly ihn warnen konnte, hastete er die Treppe hinunter und griff nach einem Gartenzwerg. Ehe er sich's versah, hatte sich den jedoch einer der Geisterpiraten geschnappt und durch die Luft geschleudert. Der Zwerg krachte gegen den Gartenzaun und zerbrach. Ein zweiter Pirat zerrte derweil am Regenschirm des Pyjamahosen-Mannes, stülpte ihn um und zerfetzte ihn laut johlend. Ohne sich zu wehren, trat der Mann den Rückzug an und kämpfte sich mit vor Schreck geweiteten Augen ins Haus zurück.

»So ein lächerliches Mistwetter!«, fluchte er dabei vor sich hin. Mit einem kräftigen Ruck entriss er dem Piraten den Schirm und schloss die Tür.

»Ich versteh das nicht«, rief Molly über das Getöse hinweg. »Warum unternimmt denn keiner was gegen die Piraten?«

Arthur schüttelte fassungslos den Kopf, da wurde im nächsten Haus das Licht angeknipst. Eine Frau, in einen übergroßen Regenmantel gehüllt, taumelte durch den Garten und hob ein Kinderfahrrad vom Rasen auf, dessen Vorderreifen die Zwillingspiratinnen festhielten. Sie rang mit ihnen, bis die beiden plötzlich losließen und vor Freude kreischten, als die arme Frau zusammen mit dem Rad rücklings in einem Busch landete.

»Wir müssen ihr helfen«, rief Arthur.

Die Frau rappelte sich mühsam wieder auf; Schlamm und Blätter klebten an ihren Kleidern. Als sie Molly und Arthur bemerkte, rannte sie sofort heftig gestikulierend auf sie zu.

»Was macht ihr beiden hier draußen? Seht zu, dass ihr wieder reinkommt!«

»Aber –«, setzte Molly an.

»Himmel! Es ist mitten in der Nacht. Ab nach Hause mit euch, bevor der Sturm noch schlimmer wird. Und zwar schnell!«

Während die beiden erschrocken zurückwichen, stolperte die Frau zu ihrem Haus zurück und warf die Tür krachend hinter sich zu.

Molly spürte Arthurs Hand auf ihrem Arm. »Ich hab's!«, rief er. »Sie können die Piraten nicht sehen. Die glauben, das hier ist nur ein Unwetter!«

Molly klappte den Mund auf und wieder zu. »Wie kann das sein?«, stieß sie schließlich hervor. »Wir sehen sie doch auch und – aua!«

Noch während sie sprach, wurde sie angerempelt und verlor das Gleichgewicht. Arthur streckte den Arm aus, um seine Cousine aufzufangen, und konnte nicht widerstehen, der Übeltäterin einen heftigen Stoß zu verpassen. Die Piratin wich ihm jedoch geschickt aus und rannte einfach weiter. Sie schleifte eine Wäscheleine voller schmutziger nasser Kleider hinter sich her, die sich um Arthurs Knöchel wickelte. Er und Molly fielen kopfüber in einen stacheligen Busch.

Nachdem Arthur wieder auf die Beine gekommen war und sich von den anhänglichen Dornenzweigen befreit hatte, packte er mit der einen Hand Mollys Talisman und mit der anderen seinen eigenen. »Deswegen. Verstehst du nicht?«

»Ah!«, rief Molly. »Sie beschützen uns vor dem Zauber, deswegen sehen wir, was wirklich passiert!«

»Und spüren es auch«, schnaubte Arthur und rieb sich den Ellbogen. »Aber wenn wir die Einzigen sind, die wissen, dass sie hier sind …«

»… dann sind wir auch die Einzigen, die sie aufhalten können«, ergänzte Molly. Sie streckte die Hand aus, und Arthur half ihr hoch.

»Komm mit!« Molly rannte los, die Straße hinunter, und zerrte Arthur am Ärmel hinter sich her.

5

»Sie greifen Charleys Haus an!« Molly wischte sich den Regen aus den Augen, als sie und Arthur in der Seegrasgasse zum Stehen kamen. »Hey, ihr da! Hört sofort damit auf!«, brüllte sie den Geisterpiraten zornig zu.

Die Randalierer ignorierten sie jedoch, traten weiter gegen die Tür und schlugen mit Ästen auf die Fensterscheiben ein. Einer versuchte, den Tintenfischklopfer mit dem Säbel von der Tür zu hacken, und stieß einen Triumphschrei aus, als es ihm schließlich gelang. Dann schmiss er das schwere Stück in eines der Bleiglasfenster, und die ganze Piratenbande brüllte vor Freude, als die Scheibe zerbarst.

Die Kinder beobachteten die Szene fassungslos, bis ihre Aufmerksamkeit von lautem Gelächter abgelenkt wurde: Auf dem Dach hockte wieder der bullige Pirat mit der Hakennase. Diesmal hatte er es auf den Schornstein abgesehen. Mit einem gewaltigen Ruck riss er ihn heraus und warf ihn in den Garten. Johlend stob der Rest der Piratentruppe davon, um nicht getroffen zu werden. In Charleys Dach klaffte jetzt ein großes Loch. Die hölzernen Dachlatten lagen frei, Wind und Regen ausgesetzt.

Das brachte das Fass zum Überlaufen. Molly stürmte

durch Charleys Gartentor. Als sie sich zwischen zwei Geisterpiraten durchdrängte, überlief sie ein kalter Schauder, doch sie ließ sich nicht beirren. Sie wirbelte herum und brüllte in die grinsenden Gesichter:

»Was macht ihr da? Was wollt ihr überhaupt hier?«

Die beiden Piraten schauten sich an, dann wandten sie sich feixend an Molly. »Und wer bist *du,* und was machst du, und was willst du?«, höhnte einer, und der andere fächelte sich Luft zu wie eine schockierte alte Jungfer.

»Ich bin eine Freundin von Charley Beaumont, und das, was ihr da gerade demoliert, ist ihr Haus!«

Molly spürte etwas Kaltes an ihrem Arm und schrie erschrocken auf. Als sie sich umdrehte, sah sie einen weiteren Plünderer, der sie an der Schulter gepackt hatte und unverhohlen anstarrte. Er hatte eine Glatze, weiße, glänzende Augen und einen riesigen Goldring im Ohr. Molly versuchte sich aus seinem Griff zu winden, aber seine Finger gruben sich nur noch tiefer in ihre Haut.

»Rache, Mädchen!«, knurrte der Pirat. »Wir wollen Rache. Komm uns nicht in die Quere.«

»Rache wofür? Charley hat euch nichts getan!«, rief Molly empört. Natürlich kannte sie die Meeresbiologin erst seit einem Tag, doch sie war sich ziemlich sicher, dass Charley keinem Menschen etwas zuleide tun konnte. Und einem Geist erst recht nicht. »Und alle anderen hier im Ort haben euch auch nichts getan. Sie können euch ja nicht mal sehen!«

»Hör zu, du vorlaute Menschengöre«, schrie der Pirat,

»halte dich von meiner Mannschaft fern, oder du bekommst meinen Säbel zu spüren!« Und um ihr einen Vorgeschmack zu geben, zerrte er das Mädchen noch näher zu sich heran und hielt ihr seine Klinge an die Wange.

Molly verstummte, als das Mondlicht auf der scharf geschliffenen Kante blitzte. Der Geisterpirat mochte durchsichtig sein, aber sein Griff war ziemlich hart und sehr real. Dort, wo er Molly festhielt, fühlte sich ihre Schulter eiskalt an.

Als der Seeräuber seine Warnung ausgesprochen hatte, stieß er Molly so heftig von sich, dass sie stolperte. Arthur packte sie am Arm und half ihr wieder auf die Beine, während der Grobian davonstürmte, um noch mehr Unheil anzurichten.

»Was sollen wir tun?«, presste Molly hervor und rieb sich die taube Schulter. »Wir können sie nicht aufhalten. Sie werden Charleys Zuhause zerstören!«

Doch genauso plötzlich, wie die Piratenmeute Charleys Haus angegriffen hatte, schien sie das Interesse auch wieder zu verlieren. Als von der Straße her aufgeregtes Gebrüll ertönte, das in Mollys Ohren klang wie das Heulen eines Orkans, stürmten die Seeräuber sofort zurück. In ihrem Eifer warfen sie auf dem Weg noch ein parkendes Auto um. Mit einem gewaltigen Krachen kippte das Fahrzeug zur Seite und blieb mit blinkenden Scheinwerfern und gellender Alarmanlage liegen.

Der Autobesitzer kam aus dem Haus gewankt, die Arme erst halb in die Jacke gezwängt, die er über seinem Schlafanzug trug, aber er war nicht der Einzige, der aufgewacht war. Im Dachzimmer von Charleys Haus ging Licht an, und einen Augenblick später tauchte Charleys Kopf im Fenster auf. Ihre Haare waren ganz verwuschelt vom Schlafen, und auf ihrem Gesicht zeichnete sich Entsetzen ab.

»Los, wir müssen sie da rausholen«, rief Arthur entschlossen. »Sie kann nicht hierbleiben, nicht mit dem Riesenloch in ihrem Dach!«

»Wir könnten sie mit ins Schloss nehmen«, schlug Molly vor. »Arthur, es muss einen Grund geben, warum bei uns letzte Nacht nichts kaputtgegangen ist, und ich wette, das bleibt auch heute Nacht so. Dort ist sie sicher!«

»Ich glaube, ich will sowieso zurück nach Hause.« Arthur trat gegen einen zerbrochenen Dachziegel im Gras. »Hier können wir ohnehin nichts ausrichten!«

Charley entdeckte Molly und Arthur, noch bevor die beiden sich bemerkbar machen konnten.

Sie rief etwas zu ihnen herunter, das der Wind fast vollständig verschluckte, aber in etwa so klang wie: »Ihr zwei! Was macht ihr da draußen?«

»Hallo, Charley!« Arthur legte die Hände trichterförmig um den Mund und brüllte gegen den Sturm an. »Komm runter!«

Ob sie ihn verstanden hatte oder nicht, jedenfalls wurde das Fenster zugeknallt, und Charleys Kopf verschwand. Ein paar Sekunden später ging die Haustür auf, und Charley stand vor ihnen, einen Morgenmantel über die Schultern geworfen. »Was ist los? Was macht ihr bei diesem Wetter hier draußen?«

Arthur zeigte stumm zu ihrem Dach hinauf. Charley drehte sich um, schrie vor Schreck auf und schlug die Hand vor den Mund.

»Mein Schornstein! Und mein Fenster!«

»Du musst mit zum Schloss kommen«, sagte Molly und packte Charley am Arm. »Hier kannst du nicht bleiben!«

»Wirklich. Wir haben mehr als genug Platz da oben.« Arthur deutete in Richtung Schloss Ravenstorm. »Ich weiß ja, dass du nichts gegen Wasser hast, aber das ist doch ein bisschen viel – und an der falschen Stelle.«

Charley kaute bestürzt auf ihrer Unterlippe. »Okay«, sagte sie schließlich, noch immer unfähig, die Augen von dem riesigen Loch in ihrem Dach abzuwenden. »Ja. Danke. Ihr habt recht. Ich hol nur schnell ein paar Sachen, bin gleich wieder da. Und kommt um Himmels willen so lange mit rein!«

Der Regen ließ allmählich nach, und das Johlen und Jubeln der Piraten war bereits in der Ferne verklungen, als die drei erschöpft die Auffahrt von Schloss Ravenstorm hinauftrotteten.

»Was wolltet ihr jetzt eigentlich da draußen?«, fragte Charley sie zum hundertsten Mal.

»Das haben wir dir doch schon erzählt. Wir interessieren uns für, äh … das Wetter. Wir wollten uns den Sturm genauer anschauen. Molly macht ein Schulprojekt über, ähm … Klimawandel.«

»Aber das ist doch kein Grund, da …«

»Sei doch froh, dass wir da waren!«, sagte Arthur nachdrücklich. »Sonst würdest du jetzt immer noch in deinem zerstörten Haus festsitzen.«

Kluger Schachzug, dachte Molly und grinste in sich hinein. Das sah ihrem Cousin ähnlich, alles so hinzudrehen, dass Charley sich undankbar vorkommen musste, wenn sie sie noch weiter löcherte. Und tatsächlich presste sie leicht verärgert die Lippen aufeinander und schwieg.

Charley hatte darauf bestanden, Molly und Arthur trockene Jacken zu leihen, obwohl Molly nicht glaubte, dass das jetzt noch einen großen Unterschied machte. Sie war viel zu nass, zu durchgefroren und zu müde, um sich zu erschrecken, als sich plötzlich ein Schatten aus der Dunkelheit löste. Außerdem hatte sie sich mittlerweile daran gewöhnt, dass der alte Butler immer wie aus dem Nichts auftauchte.

»Mason. Hallo.«

»Molly. Master Arthur.« Die Stimme des alten Mannes klang unheilvoll. »Wo wart ihr? Es gibt da etwas, das ich euch – Oh!« Seine Augen weiteten sich, als er Charley bemerkte.

»Was?«, hakte Arthur nach.

»Nichts. Ich, äh … ich bin nur entsetzt darüber, dass ihr euch so spät noch aus dem Haus geschlichen habt. Bei diesem Wetter! Die Klippen … und die Blitze! Sehr töricht, wirklich sehr töricht, Kinder! Wenn so etwas noch einmal passiert, werde ich Ihre Eltern aufwecken müssen, Master Arthur.« Masons zerfurchtes Gesicht nahm einen tadelnden Ausdruck an. »Lasst euch nie wieder bei etwas so Unverantwortlichem erwischen!«

»Nein, Mason, Sie haben ja recht«, gab Arthur kleinlaut bei.

Molly warf ihrem Cousin einen überraschten Blick zu. Es sah Arthur gar nicht ähnlich, eine Standpauke einfach so hinzunehmen. Allerdings war Molly sich sicher, dass Mason etwas ganz anderes hatte sagen wollen. Arthur musste bemerkt haben, dass der Rüffel nur seine Art war, hastig davon abzulenken. Offensichtlich würden sie warten müssen, bis Mason sie unter sechs Augen sprechen konnte, um zu erfahren, was der Butler ihnen zu erzählen hatte.

»Und jetzt ins Haus mit euch. Miss Beaumont, ich nehme an, Sie waren, äh … gezwungen, Ihr Haus zu verlassen?« Mit ausgebreiteten Armen scheuchte Mason Arthur, Molly und Charley hinein ins Trockene. »Das hier ist der beste Zufluchtsort, in der Tat. Ich werde Ihnen sofort ein Zimmer herrichten.«

Kaum waren sie alle im Haus, schloss der alte Butler energisch die Tür, drehte den Schlüssel um und schob den Riegel vor.

»Vielen Dank, Mason«, sagte Arthur. »Machen Sie sich keine Umstände wegen Charley, wirklich nicht. Sie kann in Mollys Zimmer schlafen, und Molly schläft mit in meinem. Bei mir steht sowieso noch Jacks altes Bett.«

Mason zögerte, bevor er schließlich nickte. »Gut. Ja, sehr gut. Ausgezeichnet. Dann ab ins Bett mit euch, und keine weiteren Ausflüge mehr heute Nacht, wenn ich bitten darf.« Er schnalzte mit der Zunge. »Das ist viel zu gefährlich!«

Sie blickten ihm nach, als er in Richtung Küche davonschlurfte, und Charley pfiff durch die Zähne.

»Der ist ganz schön schwierig, was?«, bemerkte sie. »Und wieso zum Teufel war er eigentlich so spät noch auf den Beinen?«

»Ach, er ist eben ein bisschen verschroben«, sagte Arthur mit einer wegwerfenden Handbewegung. »Er lebt schon seit Ewigkeiten hier – vielleicht liegt es daran.«

»Ich wette, er hat eine bessere Entschuldigung für seine nächtliche Wanderung als ihr«, sagte Charley trocken. »Aber ich bin sehr dankbar, dass ihr da wart. Wirklich, ganz im Ernst. Ohne euch hätte ich heute Nacht kein Dach über dem Kopf gehabt.«

»Na, dann komm. Wir bringen dich zu Mollys Zimmer.« Arthur gähnte. »Alles andere können wir morgen früh klären.«

»Da bin ich ganz deiner Meinung«, sagte Molly und wurde von Arthurs Gähnen angesteckt.

Während Arthur Charley ihr Behelfszimmer zeigte und sie mit einer frischen Zahnbürste ausstattete, spürte Molly, wie ihr nächtliches Abenteuer ihr in die Knochen fuhr und eine Welle der Müdigkeit sie überrollte. Vollkommen erschöpft steuerte sie das Feldbett an, zerrte sich mit letzter Kraft die nassen Klamotten vom Körper und zog ihren himmlisch trockenen Schlafanzug an. Dann ließ sie sich auf das Bett plumpsen, schlüpfte unter die Decke und knipste das Licht aus. Arthur kam ein wenig später ins Zimmer, und Molly hörte, wie er in sein Bett kroch. Er schien die weichen, trockenen Laken genauso zu genießen wie sie.

Obwohl ihre Lider bleischwer waren, beobachtete Molly, wie letzte Regentropfen an den Fensterscheiben herabrannen.

»Ich weiß, was Mason macht«, murmelte sie Arthur durch die Dunkelheit zu. »Er ist jede Nacht da draußen, um das Schloss zu beschützen. Vor dem Sturm – du weißt schon …«

»Ja, vielleicht«, nuschelte Arthur. »Vielleicht sind die Wasserspeier genau dafür da.«

Die Morgendämmerung glomm bereits am Horizont, doch die Kinder konnten die Ereignisse der Nacht nicht länger besprechen: Innerhalb von Sekunden waren sie beide tief und fest eingeschlafen.

6

»Arthur? Molly? Was ist hier los?« Tante Catherines energische Stimme riss Molly aus dem Schlaf.

Langsam schälte sie sich unter der Decke hervor, rieb sich die sandigen Augen und hörte Arthur auf der anderen Seite des Zimmers protestieren. Tante Catherine stand mit der kleinen Harriet auf dem Arm im Türrahmen und ließ ihren Blick ungeduldig zwischen Molly und Arthur hin und her wandern.

»Ich, äh …« Molly konnte sich kaum selbst daran erinnern, was letzte Nacht passiert war.

»In deinem Zimmer liegt eine fremde junge Frau, Molly. Wie zum Teufel ist sie da hingekommen?«

»Ähm …« Molly versuchte sich zu konzentrieren, obwohl ihr die Müdigkeit das Denken nicht gerade erleichterte. Wir haben uns mitten in der Nacht während dieses schrecklichen Sturms rausgeschlichen, um den Leuchtturm zu reparieren, und danach haben wir Charley aus ihrem zerstörten Haus gerettet …

Molly hielt inne. Selbst wenn sie die Geisterpiraten verschwieg, konnte sie Tante Catherine das nicht erzählen!

Arthur richtete sich halb auf und blickte über seine Decke

hinweg zu Molly herüber. Er sah genauso ideenlos aus, wie sie sich fühlte.

Glücklicherweise erklang genau in diesem Moment ein vornehmes Hüsteln hinter Tante Catherine, und sie wirbelte herum. »Oh. Guten Morgen, Mason. Haben *Sie* eine Ahnung, was hier vor sich geht?«

Die Miene des alten Butlers war sehr ernst und feierlich. »Ich hoffe, Sie haben nichts dagegen, Mrs Wolfrey. Der Sturm gestern Nacht hat das Haus der jungen Miss Beaumont schwer beschädigt, deswegen habe ich ihr angeboten, erst einmal im Schloss zu bleiben. Nur eine Notfallmaßnahme, ich war überzeugt, Sie würden das verstehen. Wenn Sie möchten, kann ich für heute Nacht jedoch jemand anderen finden, der sie bei sich aufnimmt –«

»Aber nein«, versicherte Tante Catherine schnell. »Nein, das ist natürlich völlig in Ordnung, Mason. Wie furchtbar. Miss Beaumont ist herzlich willkommen und kann gern so lange bleiben wie nötig.«

Erschöpft ließ Molly sich zurück in ihr gemütliches Bett plumpsen, aber sie warf Mason ein dankbares Lächeln zu. Arthur schlug seine Decke zurück und setzte sich gähnend auf die Bettkante.

»Guten Morgen, Mum. Guten Morgen, Harriet.« Er rappelte sich auf, umarmte schläfrig seine Mutter und kitzelte Harriets Zehen. Seine kleine Schwester quengelte und bedachte ihn mit einem bohrenden Blick.

»Oje. Du siehst aus, als hätte der Sturm dich die ganze

Nacht wach gehalten. Und Molly, es war sehr nett von dir, Miss Beaumont dein Zimmer zu überlassen.« Bei Tante Catherines mitfühlendem Blick bekam Molly schlagartig Schuldgefühle. Wenn du wüsstest, dachte sie mit schwerem Herzen.

»Warum bleibt ihr nicht noch ein bisschen liegen, während ich schon mal den Speck in die Pfanne werfe«, bot Tante Catherine an. »Du auch, Arthur, marsch, marsch zurück unter die Decke mit dir. Kommt einfach runter, wenn ihr euch wieder einigermaßen fit fühlt.«

Doch weil sie nun schon einmal wach waren und einen Riesenhunger hatten, schlüpften die beiden eilig in ihre Kleider und stolperten hinunter in die Küche. Dort roch es unwiderstehlich nach gebratenem Speck. Charley saß bereits am Frühstückstisch und lächelte ihnen fröhlich entgegen.

»Guten Morgen! Und noch einmal vielen Dank, Molly, dass Mason mir dein Zimmer geben durfte.« Charley zwinkerte den Kindern hinter Tante Catherines Rücken zu.

Wie gut, dachte Molly, dann erzählen wir wenigstens alle dieselbe Geschichte!

Die schwarzen Metallzeiger der großen alten Uhr an der Wand standen auf halb zehn. Immerhin hatten sie fast sechs Stunden geschlafen …

Onkel Bill saß am Kopfende des Tisches, umringt von kleinen Fläschchen mit Reinigungsflüssigkeiten und verstreuten Wattestäbchen. Er war dabei, eine reich verzierte barocke Urne zu säubern und sah nur kurz über seine halbrunden Brillengläser, um Molly und Arthur zu begrüßen. »Guten Appetit, ihr Faulpelze. Jack und ich sind schon seit Stunden auf, was, junger Mann?«

Jack grinste bloß und kritzelte weiter mit seinen Buntstiften auf einem Zeichenblock herum.

»Ach, jetzt ärgere unsere beiden Großen nicht. Sie hatten eine harte Nacht.« Tante Catherine stellte Teller mit Specksandwiches vor Molly, Arthur und Charley. »Hier, die machen euch munter, ihr Schlafmützen.«

»Dann haben Sie hoffentlich auch eins für sich gemacht, Catherine«, sagte Charley. »Ich wette, die kleine Harriet hält Sie auch oft wach.«

Tante Catherine lächelte betrübt. »Im Moment ist sie wirklich ein bisschen unausgeglichen. Hoffentlich gibt sich das bald.« Mit gerunzelter Stirn betrachtete sie ihre jammernde kleine Tochter, die sich in ihren Armen wand. »Ich hoffe sehr, dass es nur eine Phase ist, wie Doktor Barnard gesagt hat.«

»Das haben wir dir noch gar nicht erzählt, oder, Arthur?« Onkel Bill legte sein Wattestäbchen weg und kratzte sich am Kopf. »Doktor Barnard meint, Harriet wächst ein wenig schneller als andere Kinder in ihrem Alter.«

»Ist sie deswegen so quengelig?«, fragte Molly und strich Ketchup auf ihr Sandwich.

»Das vermutet der Doktor zumindest. Arme kleine Harriet«, gurrte Tante Catherine und wippte sanft auf und ab, was ihr jedoch nur einen weiteren finsteren Babyblick einbrachte. »Ich kann gut verstehen, dass du ein bisschen schlecht drauf bist.«

»Wir übernehmen den Abwasch«, bot Charley an. »Oder, Leute? Es ist so nett von Ihnen, dass Sie mich aufnehmen, Catherine!«

»Also, damit würdet ihr mir wirklich helfen«, gab Tante Catherine zu. »Bill und ich haben heute Vormittag nämlich einiges zu tun. Aber Sie wollen doch bestimmt bald nach Ihrem Haus sehen, oder?«

»Ja, das sollte ich wohl.« Charley seufzte. »Obwohl mir davor graut, was mich dort erwartet. Als ich gestern Nacht weg bin, war es stockdunkel. Ich habe also keine Vorstellung, wie groß der Schaden ist.«

Onkel Bill warf ihr einen mitfühlenden Blick zu. »Ich komme später vorbei und helfe Ihnen beim Aufräumen«, sagte er.

»Tausend Dank. Sie beide sind wirklich Engel!«

»Ich hoffe bloß, dass es heute Nacht nicht noch einen dritten Sturm gibt.« Onkel Bill schüttelte den Kopf. »Das wird langsam merkwürdig. Wie das Schloss bisher verschont bleiben konnte, ist mir ein Rätsel.« Er lächelte spitzbübisch in Mollys Richtung. »Wahrscheinlich hilft meine Nichte mit ein paar Zaubersprüchen nach!«

»Und ich auch!«, warf Jack ein.

»Und du auch, kleiner *Unglaublicher Cornell*, was?«

Molly traute sich nicht, Arthur anzuschauen. Vielleicht

war es tatsächlich Zauberei, aber sie und Jack hatten ganz sicher nichts damit zu tun!

»Hoffentlich sind gestern Nacht nicht noch mehr Schiffe verunglückt«, sagte Charley, während sie an ihrem Kaffee nippte.

»Nein, Gott sei Dank nicht«, beruhigte sie Onkel Bill. »Ich habe vorhin nachgefragt, als ich im Postamt angerufen habe. Es gibt viele kaputte Häuser, aber keine Schiffswracks.« Er tauchte ein Wattestäbchen in eines der Fläschchen. »Immerhin etwas, worüber man froh sein kann.«

Dieses Mal sah Molly doch zu Arthur hinüber. Vielleicht war unser Besuch im Leuchtturm doch nicht ganz umsonst, dachte sie.

Arthur grinste zurück, als er ihre Gedanken erriet, dann wandte er sich an Jack. »Was genau malst du da, kleiner Zauberer?« Er beugte sich über den Tisch. »Oh … ist das ein Monster?«

Jack war empört. »Das ist ein Riesenkalmar! Ein echter. Der ist für Charley.«

»Oh!« Charley nahm die Zeichnung freudestrahlend entgegen. »Tintenfische sind meine Lieblingstiere, Jack! Woher hast du das gewusst?«

»Das hab ich geraten«, erwiderte der Kleine stolz. »Du hast nämlich einen an deiner Tür hängen.«

»Das stimmt. Du bist ein guter Beobachter, junger Mann. Du würdest einen tollen Meeresbiologen abgeben!«, lobte Charley.

Jack wuchs vor Stolz ein paar Zentimeter, während Mollys Magen sich zusammenzog. Charley würde schon sehr bald herausfinden, dass sie keinen Tintenfischklopfer mehr hatte. Zumindest nicht an ihrer Tür.

Charley deutete auf den blau schraffierten Hintergrund. »Das hast du echt super gemacht, Jack: Du hast ihn ins ganz tiefe Wasser gesetzt – genau da leben Tintenfische nämlich! Deswegen sind sie so geheimnisvolle Tiere.«

»Genau, ich hab das Wasser ganz dunkelblau gemalt, siehst du? Ich hab mir gedacht, dass das tief aussieht. Und das hier ist der Sand und das hier ein Teil von einem Schiffswrack«, erklärte Jack eifrig.

»Du bist spitze.« Charley umarmte ihn. »Das hänge ich an meinen Kühlschrank!«

Als der Abwasch erledigt und das Geschirr aufgeräumt war, wischte Charley sich die Hände an einem Geschirrtuch trocken und seufzte. Tante Catherine und Onkel Bill waren in ihr Büro verschwunden, nachdem sie Harriet in den Schlaf gewiegt und Charley mehrmals versichert hatten, dass sie auf jeden Fall so lange wie nötig im Schloss bleiben könne.

»Aber in der Zwischenzeit sollte ich vermutlich mal nach meinem Haus schauen«, meinte Charley bedrückt. »Ich mache mich besser gleich auf das Schlimmste gefasst.«

»Wir bringen dich noch die Auffahrt runter«, bot Arthur an. »Ich bin immer noch ziemlich müde – wie steht's mit dir, Molly? Ein bisschen frische Luft tut uns bestimmt gut.« Molly nickte, und einträchtig marschierten die drei los.

Von ein paar abgerissenen Blättern und Zweigen abgesehen, war draußen nichts mehr davon zu erkennen, dass vor ein paar Stunden ein gewaltiger Sturm über die Insel gefegt war. Kleine Wolken zogen über den strahlend blauen Himmel, und es wehte eine leichte, warme Brise. Schloss Ravenstorm und seine hoch aufragenden Türmchen waren unversehrt, stellten Molly und Arthur fest: Jeder Dachziegel lag an seinem Platz.

»Danke, dass du uns nicht verraten hast«, sagte Arthur zu Charley. »Wir hätten sonst mächtig Ärger bekommen.«

»Ach, kein Problem. Im Geheimnisse-Bewahren bin ich ziemlich gut.« Charley zwinkerte den Kindern zu. »Obwohl ich immer noch nicht verstehe, was ihr da genau getrieben habt.«

»Glaub mir, das ist auch besser so«, erwiderte Arthur und schnitt eine unheimliche Grimasse.

Charley lachte. »Schon gut, schon gut – ich frage ja auch gar nicht weiter. Und außerdem bin ich ziemlich froh, dass ihr da wart. Seid aber in Zukunft ein bisschen vorsichtiger, okay?«

»Versprochen«, sagte Molly und kreuzte die Finger hinter dem Rücken. Wenn hier tatsächlich Geisterpiraten im Spiel waren, konnte sie sich die Sache mit der Vorsicht getrost abschminken.

»Und sagt Bescheid, wenn ich euch helfen kann«, bot Charley an. »Die ganze Angelegenheit klingt ziemlich ernst. Ich komme später wieder – ich glaube, ich werde das Angebot deiner Mum annehmen, Arthur, und ein paar Nächte bei euch bleiben.«

»Super.« Arthur grinste. »Dann bis später!«

Molly und Arthur winkten Charley noch eine Weile nach, bevor sie zurück zum Schloss liefen.

Plötzlich deutete Arthur auf eines der hohen Türmchen und rief überrascht: »Da ist Mason!«

»Stimmt!« Molly schirmte die Augen gegen die Sonne ab. Der Butler stand in einem der spitzen gotischen Fenster und winkte die beiden zu sich herauf.

Arthur stieß Molly in die Seite. »Ich *wusste* es. Er will uns irgendwas erzählen.«

»Das, was er gestern Nacht in Charleys Gegenwart nicht verraten konnte«, ergänzte Molly. »Ha! Er war also gar nicht wirklich böse auf uns.«

Die beiden steuerten auf eine Seitentür zu, die direkt zu dem Türmchen führte, in dem Mason wartete. Molly drückte die schwarze Eisenklinke hinunter und stemmte sich gegen die unheimlich quietschende Tür. Lange Schatten fielen über den Flur und die Treppe vor ihnen, und nach der warmen Sonne fühlte es sich hier drin kühl an. Es roch nach Staub.

»Irgendwie kommt es mir vor, als wäre seit Jahren niemand mehr hier drin gewesen«, murmelte Molly.

»Aber Masons Räume liegen doch in diesem Teil des Hauses«, erwiderte Arthur. »Das kann also gar nicht sein.«

Molly zuckte mit den Schultern und machte sich an den Aufstieg. Stufe für Stufe erklommen sie die enge Wendeltreppe und mussten dabei immer wieder dicken Spinnweben ausweichen. Sie waren beide leicht außer Atem, als die Steinstufen endlich vor einer eisenbeschlagenen Eichentür endeten, die sich knarrend öffnete. Im Türrahmen stand Mason, sein übliches düsteres Lächeln im Gesicht.

»Da seid ihr ja. Kommt rein.« Er machte eine einladende Geste mit seiner riesigen Hand, und Molly und Arthur ließen sich nicht zweimal bitten: Schnell schlüpften die beiden an ihm vorbei. Hinter ihnen fiel die Tür mit einem dumpfen Schlag ins Schloss.

Molly schaute sich fasziniert um. Die Luft war hier genauso trocken und staubig wie im Treppenhaus und auch genauso kühl. Sie rieb sich die nackten Arme. In der Mitte des Zimmers stand ein schwerer Eichentisch, der mit Ruß und Tintenflecken bedeckt war. Auf ihm lagen Schriftrollen, Papierstapel und etwas, das wie echtes altes Pergament aussah und an den Rändern bereits zerbröckelte. An den Wänden stapelten sich noch mehr Papiere und alte Bücher, neben Möbelstücken, von denen Tante Catherine und Onkel Bill vermutlich begeistert wären: einer Standuhr, großen Bücherschränken aus Mahagoni und einem antiken Sekretär. In einer Ecke lehnte ein mit Fliegendreck übersäter Spiegel im prunkvollen Silberrahmen. Direkt gegenüber befand sich ein ausladender Marmorkamin, der reich mit Löwen und Engeln verziert war. Überall standen kleine Statuen und Figurinen, die allesamt Fabelwesen darstellten. Manche dieser Kreaturen erkannte Molly auf Anhieb wieder – und manche wollte sie gar nicht wiedererkennen. Mit einem Schaudern sah sie sich weiter um. Es gab sogar einen menschlichen Schädel, auf dem eine Kerze befestigt war. »Sehr … gemütlich«, bemerkte sie höflich.

»Hier bin ich zu Hause«, sagte Mason lächelnd und offensichtlich ziemlich stolz. »Setzt euch doch.«

Nachdem er sein Angebot ausgesprochen hatte, suchte er zerstreut nach ein paar Sitzgelegenheiten, die er den Kindern anbieten konnte. Arthur nahm auf einem abgewetzten Ledersessel Platz, in dem er fast verschwand, und nachdem der alte Butler sämtliche Papiere und Bücher von einem roten Samtsofa gefegt hatte, konnte auch Molly sich setzen. Mason selbst lehnte sich einfach gegen den wuchtigen Tisch. Jetzt war seine Miene wieder ernst.

»Ihr habt die Piraten gesehen«, begann er ohne Umschweife. »Also, Master Arthur, Molly – ihr kennt die Gefahr, die Ravenstorm bedroht.«

Molly beugte sich gespannt vor. »Wir haben gesehen, wie die Geisterpiraten gestern Nacht das Dorf auseinandergenommen haben.«

»In der Tat.« Masons Lippen verzogen sich zu einem schwachen Lächeln. »Sie haben Crowsnest auseinandergenommen, ganz genau. Und das nicht zum ersten Mal.«

»Aber das Schloss haben sie nicht angerührt«, warf Arthur ein.

Der alte Butler nickte. »In der Tat. Das würden sie kaum wagen.« Seine Mundwinkel zuckten erneut.

»Sie beschützen das Schloss, nicht wahr, Mason?«, fragte Molly. »Deswegen haben Sie gestern auch draußen Wache gehalten.«

Mason nickte bedächtig. »Das ist richtig. Zumindest das Schloss kann ich vor ihren Überfällen bewahren. Mehr kann ich im Augenblick leider nicht ausrichten – weder für das Dorf noch für den Rest der Insel. Ihr sollt nur wissen, dass so etwas schon einmal passiert ist: Es gab eine Zeit, da mussten alle Wasserspeier von Schloss Ravenstorm zusammenkommen, um ihre Heimat gegen eine böse Macht zu verteidigen – eine noch viel mächtigere und bösere als die Geisterpiraten …«

»Darüber will ich, glaube ich, gar nichts wissen«, flüsterte Molly.

»Allerdings, und wir können nur hoffen, dass sie nie wiederkehrt«, sagte Mason mit bebender Stimme. »Wir haben sie einmal vertrieben, das muss genug sein.«

»Das verstehe ich nicht.« Arthur deutete aus dem Fenster. »Wenn ihr schon mal was viel Schlimmeres vertrieben habt, warum macht ihr jetzt nicht kurzen Prozess mit den Piraten? Auf dem Schloss gibt es doch genug Wasserspeier, um die ganze Insel zu beschützen.«

Mason schüttelte den Kopf. »Das geht nicht, Master Arthur, nicht mehr. Die Wasserspeier sind alle versteinert worden, für immer erstarrt. Ich kann mich als Einziger noch frei bewegen, doch von Zeit zu Zeit muss selbst ich auf meinen Platz zurück und mit den anderen ruhen. Die Wasserspeier können Ravenstorm nicht helfen, zumindest nicht im Augenblick.«

Molly stand auf und ging zum Fenster. Draußen über dem Westflügel kauerte eine Reihe von Wasserspeiern. Jetzt, wo sie ihre Geschichte kannte, wirkten die steinernen Ungeheuer nicht länger grimmig oder furchteinflößend, sondern einfach nur schrecklich traurig.

»Was ist passiert? Wer hat das getan? Die Finsterflinkkönigin?«, fragte sie und fügte leise hinzu: »Wenn ich das gewusst hätte, dann hätte ich was von ihrer Zaubersalbe aufgehoben – mit der ich die versteinerten Kinder wieder zum Leben erweckt habe.«

»Nein, ich fürchte, es war nicht die Königin.« Mason seufzte. »Und außerdem wäre es sinnlos, sie um Hilfe zu bitten. Wisst ihr, sie mochte die Wasserspeier noch nie besonders.«

»Aber wer war es dann?«, fragte Arthur.

»Ach.« Masons graue Augen wurden wieder dunkel und kummervoll. »Sie hat die Wasserspeier für das verflucht, was sie getan haben. Und wer könnte es ihr übelnehmen? Auf mir lastet der Fluch weniger stark, doch sie hat mich dazu verdammt, das Anwesen hier niemals mehr zu verlassen. Ich muss hier auf Schloss Ravenstorm bleiben, und zwar für immer.«

»Aber wer ist *sie*?«, fragte Arthur.

Die beiden Kinder beobachteten den alten Butler erwartungsvoll, während seine Lippen sich langsam öffneten und er zu einer Antwort ansetzte. Ein Seufzer entfuhr ihm, und sein Gesicht spannte sich vor lauter Anstrengung an. Er runzelte die Stirn und befeuchtete die Lippen, doch er bekam kein Wort heraus. Und als es ihm schließlich doch gelang, etwas zu sagen, schienen die Worte sich ganz fürchterlich in seiner Kehle zu verfangen.

»Kahh-kkraaahh…«

Arthur erschrak, und Molly schlug sich die Hand vor den Mund. Das Geräusch klang überhaupt nicht menschlich, eher wie der Schrei eines Raben oben auf den Türmchen. Besorgt streckte Molly eine Hand nach Mason aus, aber der Butler schüttelte nur den Kopf und lächelte bitter.

»Ich kann ihren Namen nicht aussprechen – das ist Teil des Zaubers –, noch kann ich euch mehr über sie verraten. Doch eines dürft ihr gewiss sein: Wir alle verdienten, was sie getan hat, o ja.« Er blickte ins Leere und flüsterte dann mit erstickter Stimme: »Und warum hätte sie mir vergeben sollen? Ich werde mir ja selbst nie vergeben.«

Molly und Arthur starrten ihn schweigend an. Molly hatte Mitleid mit Mason, der auf Schloss Ravenstorm gefangen war, inmitten seiner versteinerten Freunde.

»Ich kann euch nicht mehr sagen.« Er schüttelte müde den Kopf. »Entschuldigt. Aber vielleicht findet ihr ja einen eigenen Weg, das Dorf zu beschützen und den Rest der Insel gleich mit. Und vielleicht helft ihr damit sogar den Wasserspeiern.«

»Glauben Sie?«, fragte Molly eifrig.

Mason nickte nur matt.

Arthur kniff die Augen zusammen. »Mason, versuchen Sie, uns irgendwas zu sagen?«

Ein knappes Kopfnicken. Der alte Butler schaute Molly unverwandt an.

»Können Sie uns nicht ein bisschen mehr verraten?«, rief Arthur ungeduldig.

Mason runzelte konzentriert die Stirn und probierte es noch einmal.

»Kahh-kkraaahh…«

»Oh, Mason.« Molly nahm seine Hand und drückte sie. Waren das Tränen, die in den Augen des strengen alten Wasserspeiers glitzerten? »Er kann es uns nicht sagen, Arthur. Er *kann* einfach nicht!«

»Wir werden unser Bestes tun, Mason.« Arthur berührte sanft den Arm des Butlers. »Wirklich. Sie können sich auf uns verlassen.«

Sie verabschiedeten sich und bahnten sich ihren Weg durch das gewundene Treppenhaus. Mason mit der steinernen Miene tat Molly mehr leid, als sie je für möglich gehalten hätte.

Sobald sie außer Hörweite waren, sagte Arthur: »Ich denke, wir sollten zu Miss Badcrumble gehen.« Er schob eine Spinnwebe zur Seite. »Offensichtlich kennt sie Mason oder weiß zumindest über ihn Bescheid. Vielleicht kann sie uns helfen.«

»Es muss eine Verbindung geben«, überlegte Molly. »Zwischen den Piraten und den Wasserspeiern, meine ich. Die Frau, die sie verflucht hat, muss irgendwas mit den Piraten zu tun haben. Warum hätte Mason sonst sagen sollen, dass wir auch den Wasserspeiern helfen können?«

»Ich wünschte, er hätte uns *irgendwas* gesagt«, schimpfte Arthur. »Aber er kann ja nichts dafür. Na ja, mit dem Leuchtturmfluch ist Miss Badcrumble jedenfalls ganz lässig fertig geworden. Vielleicht klappt das auch mit dem Fluch, der auf Masons Freunden liegt …«

»Ich habe das Gefühl, dass die Sache nicht ganz so einfach wird«, sagte Molly düster. »Aber einen Versuch ist es wert.«

»Miss Badcrumble! Miss Badcrumble!« Arthur trommelte noch einmal gegen die Museumstür.

Molly trat einen Schritt zurück und sah hinauf zu den Fenstern und dem Dach des verwinkelten kleinen Hauses. Eine Möwe stand auf dem Schornstein, streckte die Flügel und kreischte traurig. »Sie ist bestimmt nicht da. Sonst hätte sie schon längst aufgemacht.«

»Außer, sie ist von der Leiter gefallen.«

»Oh, hoffentlich nicht!« Molly schaute ihren Cousin erschrocken an.

»Nein, nein, ganz sicher nicht«, beruhigte dieser sie. »War nur ein Witz.« Arthur gab das Klopfen auf und rieb sich die schmerzenden Fingerknöchel. »Wahrscheinlich ist sie wieder in der Höhle unten am Strand und hat Heimweh nach Finsterflinkhausen. Oder sie ist bei dem Brunnen, in dem sie die Fotos der Kinder versteckt hatte.«

Molly war skeptisch. »Vielleicht. Aber das hier ist ein Notfall. Wir müssen dringend irgendwas herausfinden, noch vor heute Nacht. Ich wette mit dir, dass es wieder stürmt, egal was der Wetterbericht behauptet.«

Arthur blickte sich verstohlen um. »Sie hätte doch bestimmt nichts dagegen, wenn wir mal nachsehen, oder?«

»Ich denke nicht. Wenn wir irgendwie reinkommen«, sagte Molly.

»Kommen wir.« Arthur grinste und deutete auf das Fenster neben der Tür. Es stand einen Spalt offen.

»Arthur! Du kannst doch nicht einfach bei Miss Badcrumble einsteigen!« Molly war empört.

Wie sich herausstellte, konnte Arthur aber sehr wohl: Nachdem er sich davon überzeugt hatte, dass niemand sie beobachtete, kletterte er auf Mollys verschränkte Hände, schob das Fenster ein Stück weiter auf und kroch dann ins Haus hinein. Molly hörte ein leises »Autsch!« und einen dumpfen Schlag, als er auf dem Boden landete, dann entfernten sich seine Schritte. Kurze Zeit später riss er die Haustür auf und bat Molly mit einer schwungvollen Geste herein.

»Ich weiß nicht, ob wir das wirklich tun sollten«, murmelte Molly voller Unbehagen, nahm dann aber ihren Rucksack und schlüpfte schnell ins Haus. Arthur schloss schwungvoll die Tür hinter ihr.

»Weißt du, ich meine es ernst: Ich glaube echt, dass Miss Badcrumble nichts dagegen hätte«, sagte Arthur. »Das hier ist ein Notfall, wie du gesagt hast. Und noch was: Irgendwie habe ich ein ungutes Gefühl, weil sie nicht da ist. Ich glaube nicht, dass sie nur irgendwo herumsitzt und sich nach den anderen Finsterflinks sehnt.«

Molly gab Arthur nur ungern recht, doch sie musste gestehen, dass sie allmählich das gleiche Gefühl überkam. Sie ging hinüber zur Theke, an der Miss Badcrumble normalerweise ihren Tee ausschenkte, und hob eine filigrane Porzellantasse mit Blumenmuster an.

»Hier, schau. Die Milch ist nur halb ausgetrunken. Und sie hat die Tasse nicht weggeräumt.«

Arthur trat neben Molly und zog die Nase kraus, als er mit der Fingerspitze die Oberfläche der Milch berührte. »Da ist Haut drauf. Hast du schon mal erlebt, dass Miss Badcrumble eine Tasse warme Milch stehen gelassen hat?« Er schüttelte angeekelt den glibberigen Film von seinem Finger. »Irgendetwas stimmt hier nicht, Molly. Wir gehen der Sache besser nach.«

»Okay, dann lass uns am besten hier anfangen. Ich schlage vor, wir schauen uns als Allerersten im Teeladen und im Museum um«, murmelte Molly. »Aber wir fassen nichts Wertvolles an.«

»Natürlich nicht«, beeilte sich ihr Cousin zu versichern.

Sie riefen, so laut sie konnten, durch den Laden und die kleine Wohnung dahinter, in der Miss Badcrumble lebte, und suchten jeden Quadratzentimeter nach der alten Finsterflink ab. Es schien genau, wie sie befürchtet hatten: Miss Badcrumble war nirgends zu finden.

Mutlos und erschöpft kehrten die Kinder schließlich in die Teestube zurück.

»Vielleicht ist sie ja Verwandte besuchen gegangen«, schlug Molly zaghaft vor.

Doch genau in diesem Moment schrie Arthur vor Schreck auf. »Nein. Guck mal hier!« Er lief zu einem Tischchen hinüber und hielt mit halb triumphierender, halb entsetzter Miene etwas hoch.

Molly rannte zu ihm.

»Miss Badcrumbles Handschuhe!« Arthur wedelte damit vor Mollys Gesicht herum. »Vergiss die Milch, Molly, *das* hier ist der Beweis: Miss Badcrumble würde niemals ohne ihre Handschuhe aus dem Haus gehen, das wissen wir. Hier muss definitiv etwas faul sein.«

Molly nickte, und ein grässliches Gefühl beschlich sie. »Du hast recht. Irgendwas ist passiert! Schauen wir uns mal im Museum um, vielleicht finden wir dort einen Hinweis.«

Das Museum der Merkwürdigkeiten wirkte noch düsterer als sonst. Selbst als Arthur alle Lampen angeknipst hatte, schien die Dunkelheit bedrohlich in den Ecken zu lauern, und in den schummerigen Lichtkegeln vollführten die Staubkörner einen unheimlichen Geistertanz. Eines sahen die Kinder jedoch auf den ersten Blick: Irgendetwas stimmte hier ganz und gar nicht: Regale waren umgekippt oder lehnten schief an der Wand, und die Ausstellungsgegenstände waren quer über den Boden verteilt. Muschelstücke, Glassplitter und Tonscherben lagen überall, Kisten und Kästen und Vitrinen waren umgestoßen worden, ihre Scheiben zerbrochen und ihr Inhalt völlig durcheinander.

»So ein Chaos«, flüsterte Molly. »Was ist hier passiert?«

»Das ist auf jeden Fall nicht Miss Badcrumbles übliche Unordnung.« Grimmig schüttelte Arthur den Kopf. »Die Piraten waren hier, schätze ich mal. Das ist passiert.«

Sprachlos schlichen Molly und Arthur weiter, schoben Kisten aus dem Weg, stellten Regale wieder auf und stießen mit den Turnschuhen vorsichtig ein paar Glasscherben zur Seite. Mollys Herz pochte.

»Was, wenn sie immer noch hier sind?«, wisperte Arthur und klang dabei ganz ungewohnt ängstlich.

»Glaub ich nicht«, flüsterte Molly. »Draußen ist schönes Wetter, und außerdem würden sie viel mehr Lärm machen.«

»Trotzdem – lass uns vorsichtig sein …«

Molly räumte eine alte Fischkiste beiseite und krabbelte zwischen zwei Regalen hindurch in den nächsten Gang. »Arthur, komm hierher«, rief sie, und plötzlich war ihr völlig egal, wie laut und unvorsichtig sie waren. »Alle Seefahrersachen sind weg!«

Arthur kroch durch die umgestürzten Regale zu Molly. Er starrte auf die verwüsteten Schaukästen. Das kupferne Fernrohr, der Sextant und sogar die bemalten Treibholzstücke waren verschwunden.

»Sie haben alles mitgenommen«, sagte Molly, und ihr Nacken kribbelte. »Genau wie …« Sie schluckte. Den Namen der alten Flink auszusprechen, brachte sie nicht über sich.

Arthur bückte sich, um ein Stück von einem alten Foto aufzuheben. Seine Augen funkelten vor Wut. »Das hier ist anders als ihr üblicher Zerstörungswahn, oder? Das hier ist nicht bloß sinnloser Vandalismus. Sie haben zwar alles verwüstet, aber aus den anderen Regalen nichts mitgenommen. Kommt es dir nicht auch so vor, als hätten sie irgendwas gesucht?«

Langsam ließ Molly den Rucksack von ihrer Schulter gleiten und öffnete die Schnallen. Sie griff hinein, holte das Handtuch heraus und faltete es auseinander. Der alte Kompass lag in ihren zitternden Händen.

»Was, wenn sie den hier gesucht haben?«, flüsterte sie. »Und ihn nicht finden konnten.«

»Der Kompass muss irgendwas mit der ganzen Sache zu tun haben«, bestätigte Arthur die Vermutungen seiner Cousine finster. »So wie Mason bei seinem Anblick reagiert hat, kann das gar nicht anders sein. Ich wette, sie haben wirklich genau danach gesucht.«

»Und als sie ihn nicht gefunden haben, haben sie sich Miss Badcrumble geschnappt. Oh, Arthur, das ist alles unsere Schuld! Wir können sie auf keinen Fall den Piraten überlassen!«

Arthur knirschte mit den Zähnen. »Und wir können uns auch nicht jede Nacht oben im Schloss verstecken, während die Piraten die ganze Insel plündern. Vielleicht geht das noch wochenlang so weiter – oder bis in alle Ewigkeit!«

»Dann müssen wir sie aufhalten.« Molly war wild entschlossen. »Wir dürfen nicht darauf warten, dass sie wieder über die Insel herfallen. Und wir dürfen nicht zulassen, dass sie Miss Badcrumble einfach verschleppen. Was, wenn die Piraten sie für immer gefangen halten, aus reiner Bosheit? Was, wenn sie sie –« Molly biss sich auf die Lippe. Sie konnte die Worte nicht laut aussprechen.

»Sie werden sie nicht umbringen, falls du das meinst«, vollendete Arthur ihren Satz. »Vergiss nicht, sie glauben immer noch, dass sie den Kompass hat.«

»Uns bleibt nur eins übrig: Wir müssen Miss Badcrumble befreien!« Doch Mollys Zuversicht geriet sofort wieder ins Wanken. »Bloß: Wie kommen wir zum Geisterschiff?«

Arthur zwinkerte. »Ich weiß, wie«, sagte er. »Dafür müssen wir uns allerdings etwas von Charley ausborgen …«

7

»O nein!« Charley schüttelte heftig den Kopf. »Seid ihr verrückt? Ich gebe euch dreien doch nicht mein Boot!«

Molly, Arthur und Jack standen Charley in den Trümmern ihres Schlafzimmers unter dem kaputten Dach gegenüber, zwischen den durchweichten Möbeln und mit freiem Blick auf den Himmel. Die Meeresbiologin wirkte streng und entschlossen. Aber niemand war so stur wie Arthur, wenn er etwas wirklich wollte.

»Du hast versprochen, dass du uns hilfst, Charley!«

»Äh, ja, okay. Aber so habe ich das nicht gemeint. Ich habe nicht versprochen, dass ich bei irgendwelchen verrückten Plänen mitmache. Und ich habe ganz bestimmt nie gesagt, dass ihr mein Boot haben könnt.«

»Aber das Wasser ist ganz ruhig. Es ist doch nur für eine Stunde«, bettelte Arthur. Und als er sah, dass er damit bei Charley nicht weiterkam, versuchte er es mit guten Argumenten. »Ich dachte – wir dachten, du würdest uns unterstützen. Es ist für Mollys Schulprojekt. Und Jack würde *so* gerne Boot fahren …«

Meine Güte, dachte Molly und grinste in sich hinein. Sein Hundeblick ist unbezahlbar. Und Jacks erst! Molly beobachtete verstohlen, wie ihr kleiner Bruder zuckersüß zu Charley hinaufschaute, in perfekter Nachahmung seines Cousins. Jack wollte eindeutig genauso gerne auf dieses Boot wie Arthur.

Und der holte jetzt zum entscheidenden Schlag aus. »Willst du uns nicht helfen, Charley? Wir haben da diese Theorie über die Stürme und was sie auslöst.«

Doch Charley ließ sich nicht beirren. »Sehr schön. Euer Forscherdrang ist wunderbar, aber mein Boot kriegt ihr nicht.«

»Du hast doch gesagt, dass Kinder in unserem Alter hier ständig allein rausfahren«, erinnerte Molly sie.

»Äh … ja, das stimmt, aber nur, wenn das Wetter nicht verrücktspielt. Und das gilt auch nur für Kinder, die hier leben und sich auskennen. Ihr könnt doch nicht einmal ein Motorboot steuern!«

»Also, *ich* lebe jetzt hier«, erwiderte Arthur, »und ich hatte letztes Jahr dieses Abenteuertraining in der Schule, da habe ich alles über Motorboote gelernt, ehrlich. Ich hab sogar einen Bootsführerschein und alles. Das heißt, dass ich dein Boot sehr wohl steuern kann.«

»Deine Eltern bezahlen wirklich zu viel für diese Schule«, grummelte Charley. »Aber um es kurz zu machen: Es ist mir vollkommen egal, wie ruhig die See ist oder ob du ein Superkapitänspatent hast – ihr setzt keinen Fuß in mein Boot! Ende der Ansage!«

Tja, offenbar kennt sie ihn noch nicht so gut, dachte

Molly. Sonst wüsste sie, dass man Arthur Wolfrey nicht mit einem Nein abspeisen kann. Irgendwann würde ihr Cousin Charley herumkriegen.

Sie sollte recht behalten: Nach einer weiteren halben Stunde Betteln und Schmeicheln gab Charley sich geschlagen. Entnervt überließ sie Arthur und Molly die Ersatzschlüssel.

»Ihr verlasst aber auf keinen Fall die Bucht, ist das klar? Nicht einmal um eine Bootslänge, Arthur!«, mahnte sie streng.

»Natürlich nicht, Charley. Du wirst es nicht bereuen, ich versprech's!«

»Das tue ich bereits«, stöhnte Charley. »Aber Hauptsache, ich muss deinen Eltern am Ende keine schlechten Nachrichten überbringen.«

Ganz wie Arthur versprochen hatte, verbrachten die drei den Nachmittag damit, friedlich in der Bucht herumzuschippern. Von Piraten oder Geisterschiffen war natürlich nichts zu sehen, aber Jack war vollauf beschäftigt damit, nach Delphinen und Seehunden Ausschau zu halten und mit seiner Angel auf Krabbenfang zu gehen.

Arthur erwies sich tatsächlich als sehr geschickter und noch dazu äußerst verantwortungsvoller Kapitän. Das musste selbst Charley zugeben, als sie wieder am Steg anlegten.

»Sieh mal einer an«, sagte sie und kniff ein Auge zu, während sie das Boot in Augenschein nahm. »Nicht ein Kratzer.

Du hast nicht zu viel versprochen, Arthur. Ich hatte da ja, ehrlich gesagt, so meine Zweifel …«

»Ich weiß.« Arthur grinste. »Und ich nehm's dir nicht übel, wirklich. Ich meine, die meisten Kinder in unserem Alter können nicht mit einem Motorboot umgehen. Aber ich habe dir ja gesagt, dass ich es kann.«

»Nicht ein Kratzer«, wiederholte Charley, als sie den Rumpf überprüfte. »Und es ist noch nicht einmal jemand ins Wasser gefallen.«

»Natürlich nicht«, sagte Arthur zufrieden. »Aber jetzt müssen wir zurück zum Schloss. Ich will nicht, dass meine Eltern sich Sorgen machen.«

Charley schmunzelte. »Wer hätte gedacht, dass du so verantwortungsbewusst bist, Arthur?«

Bei so viel überschwänglichem Lob, dachte Molly, als sie nach einer hastigen Verabschiedung davonrannten, ist es eigentlich gar nicht verwunderlich, dass Charley vergessen hat, ihre Schlüssel zurückzuverlangen.

Jetzt gerade sah Arthur allerdings sehr viel weniger verantwortungsbewusst aus. Vielleicht lag das nur am fahlen Licht des Mondes, der immer wieder hinter den Wolken verschwand, aber die Augen ihres Cousins glänzten abenteuerlustig, als er das kleine Motorboot über das nächtliche Meer steuerte, und er juchzte jedes Mal vor Freude, wenn eine Welle über den Bug spritzte. Der Wind frischte auf, und das Meer wurde noch unruhiger. Molly zog ihre

Regenjacke zu und presste ihren Rucksack fest an sich – nicht auszudenken, wenn sie ihn jetzt verlieren würde. Was, wenn der Kompass auf dem Grund des Meeres landete, wo niemand ihn finden konnte? Was würden die Piraten dann tun?

»Sie kommen auf jeden Fall zurück«, schrie Arthur gegen den Wind an. »Schau dir mal das Wetter an!« Er deutete mit einer Hand nach vorn, während er mit der anderen das Steuer fest umklammerte. »Halt dich fest, da draußen werden die Wellen gleich richtig hoch.«

Zögerlich lehnte Molly sich über den Bootsrand und sah, wie sich eine erschreckend große Welle vor ihnen auftürmte. In böser Vorahnung hielt sie sich fest, so gut sie konnte, doch die Welle teilte sich direkt vor ihnen und ließ Charleys Boot ohne den kleinsten Hüpfer passieren.

»Was war das denn?«, rief sie Arthur zu.

»Keine Ahnung.« Arthur versuchte, sich die nassen Haare aus den Augen zu wischen, und blinzelte. »Anscheinend sieht der Sturm schlimmer aus, als er ist.«

»Oh!«, rief Molly plötzlich und zog den Ravenstormanhänger unter ihrem T-Shirt hervor. »Das machen unsere Talismane! Wir sind bestimmt schon ganz nah dran. Dieser Sturm ist magisch, deswegen kann er uns nichts anhaben.«

»Na, dann verlieren wir sie mal besser nicht«, sagte Arthur grinsend. »Ich will nicht wissen, wie es sich anfühlt, wenn der Sturm uns doch etwas anhaben kann. Irgendeine Spur von dem Schiff?«

Molly rappelte sich auf und kniff die Augen zusammen. »Ja, ich sehe es – da, gleich ist es direkt vor uns!«

Arthur war einen weiteren Halbkreis gefahren, nachdem er das Riff und die sich dort brechenden Wellen umschifft hatte, deshalb näherten sie sich der Piratengaleone von hinten. Seine Haare wehten im Wind, und ein paar Strähnen richteten sich auf. Er sah irgendwie aus wie ein verrückter Wissenschaftler.

Plötzlich entdeckte Molly die Piraten, die aufgereiht an der Reling standen, die Säbel schwangen und voller Vorfreude auf reiche Beute grölten, aber sie schauten alle in Richtung Ravenstorm, gierig nach Beute. Ihre Flagge mit dem Auge und den gekreuzten Knochen flatterte hochmütig im Wind, und keiner der Seeräuber bemerkte das kleine Boot, das still neben ihnen trieb, nachdem Arthur den Motor ausgeschaltet hatte.

Konzentriert kniff er die Augen zusammen, während er das Boot so nah wie möglich bei dem großen Schiff hielt. Mittschiffs wurde ein Befehl gebellt, von einer rauen, grausamen Stimme, die so laut war, dass sie sogar den Sturm übertönte.

»Sie leuchten uns den Weg, Kameraden! Sie heißen uns heute Nacht in Crowsnest willkommen!«

Schallendes Gelächter war die Antwort. Tatsächlich schickte der wiederbelebte Leuchtturm einen hellen Silberstrahl über das Meer, der die Piraten in all ihrer schaurigen Pracht beleuchtete. Und wieder kletterte die Mannschaft über die Reling, sprang aufs Wasser und glitt, so leise und tödlich wie Nebel, direkt auf den Hafen und das Dorf zu.

Molly spähte nach oben. Der Mann, der an der Reling stand und seinen Männern nachsah, bot einen furchterregenden Anblick mit seinem rotbraunen Haar, das zu drei langen Zöpfen geflochten war, und dem zottigen Bart, in dem tropfnasses Seegras hing. Als er sein Entermesser zog und die Klinge in den Leuchtturmstrahl hielt, wurde das Licht zurückgeworfen, und Molly konnte sein Gesicht erkennen, wild und brutal, mit tiefen Bisswunden an der Seite. An einigen Stellen schimmerten sogar die weißen Knochen durch.

Black Edward Sharksbane! Er war es! Molly war viel zu fasziniert, um wirklich Angst zu haben. Sie beobachtete, wie der grimmige Kapitän mit einem Schlachtruf vom Vordeck sprang. Dann war er über Bord, überholte seine Männer und führte sie an auf ihrem Weg zur Insel.

Er steckte hinter Miss Badcrumbles Verschwinden, davon war Molly überzeugt. Bestimmt wurde die arme alte Finsterflink an Bord dieses schrecklichen Schiffs gefangen gehalten. Was hatte Miss Badcrumble gleich noch mal über den ersten Überfall der Piraten vor vielen Jahren erzählt? Molly versuchte fieberhaft, sich zu erinnern. Als kleines Mädchen habe sie dem Kapitän auf den Straßen von Crowsnest gegenübergestanden, und seine Männer hätten etwas getragen, etwas, das in eine riesige Decke gewickelt war und das sie ganz vorsichtig hielten. Mollys Herz schlug schneller. Vielleicht war der Inhalt der Decke ja auch hier, worum auch immer es sich dabei handeln mochte.

Molly verstaute ihren Rucksack mit dem Kompass sicher in der Kajüte, in der Hoffnung, dass die Piraten ihn nicht finden würden, selbst wenn sie das Boot enterten. Danach trat sie zurück zu Arthur ans Steuer. »Ich glaube, sie sind alle weg«, flüsterte sie. »Jetzt könnten wir gefahrlos an Bord gehen – wenn wir da irgendwie hochkommen.«

»Einfach wird's zumindest nicht«, murmelte Arthur. »Nein, warte! Da, schau!«

Molly schauderte, als sie sah, was ihr Cousin entdeckt hatte: Das Geisterschiff war keineswegs unbemannt. Die beiden erkannten drei vertraute Gestalten, die auf dem Achterdeck herumsaßen. Einer der Männer stand gerade auf und streckte sich. Er hatte eine Glatze und weiße, glänzende Augen, und an seinem linken Ohr blitzte ein riesiger Goldring.

Molly hätte ihn überall wiedererkannt. Es war der grässliche Mann mit dem Säbel, der sie in Charleys Garten bedroht hatte. Und seine beiden Kumpanen waren die dürren Seeräuber, die ihn begleitet hatten. Molly schüttelte sich, als sie sich an die eisige Berührung ihrer Geisterkörper erinnerte.

Einer der Kumpanen sprang ebenfalls auf und vollführte ein kleines Tänzchen, bevor er anfing, hemmungslos in der Nase zu bohren. Sein Freund machte sich über irgendetwas lustig, woraufhin der andere mit seiner knochigen Hand verärgert nach ihm schlug. Goldring bellte die beiden an, und sie ließen schmollend voneinander ab.

»Sharksbane hat sie bestimmt als Wachen eingeteilt, jetzt wo sie eine Gefangene haben«, flüsterte Arthur. »Wir müssen absolut leise sein. Komm mit!«

»Glaubst du, wir können überhaupt an Bord?«, fragte Molly. »Können wir das Schiff berühren und betreten wie die Piraten? Oder fallen wir einfach durch und ins Wasser?«

»Es gibt nur einen Weg, das rauszufinden.« Arthur hatte ein zusammengerolltes Seil über der Schulter, und als Charleys Boot in den Schatten des Schiffhecks trieb, knotete er eine Schlaufe in das eine Ende des Seils. Dann holte er weit aus und warf es hinauf zur Reling.

Molly sah, wonach er zielte: einem Holm, der wahrscheinlich zu genau dem Zweck dort angebracht worden war, ein Tau zu befestigen. Arthurs Wurf ging daneben, und das Seil fiel dumpf zurück auf das Deck des Motorboots. Mollys Herz setzte kurz aus. Die Piraten schienen jedoch nichts bemerkt zu haben. Auch der nächste Wurf missglückte. Dann, beim dritten Versuch, flog das Seil direkt auf sein Ziel zu und schloss sich fest um den Holm.

Grinsend wand Arthur das andere Ende des Seils zu einem Knoten, den er über eine Klampe des Motorboots zog. »Mir egal, was Charley sagt, ich liebe meine teure Schule! Los geht's.«

Er griff das Seil mit beiden Händen und fing an zu klettern, wobei er sich mit den Füßen am Rumpf des Schiffs abstützte. Das Seil hielt, und seine Turnschuhe quietschten auf dem lackierten Holz. Molly wartete, bis ihr Cousin oben angekommen war, bevor sie hinterherkletterte und sich hoch auf die Reling zog. Beide plumpsten auf das Deck und lauschten mit angehaltenem Atem, ob die boshaften Wachen sie gehört hatten.

Doch aus der Dunkelheit erklang ein anderer Laut, der ihren Kletterlärm übertönt haben musste – ein klagender Ton, der lauter wurde und dann langsam wieder erstarb, traurig und gespenstisch zugleich.

»Was ist das?«, wisperte Arthur.

Angst kroch Molly über den Rücken, und sie schüttelte sich. »Keine Ahnung, aber ich weiß nicht, ob es mir gefällt. Lass uns nach Miss Badcrumble suchen. Je schneller wir von diesem Schiff verschwinden können, desto besser.«

Allerdings machte sie sich keine großen Hoffnungen, die alte Frau bald zu finden. Eine Ewigkeit lang schlichen Molly und Arthur auf Zehenspitzen über die Decks, blieben reglos und mit klopfenden Herzen stehen, sobald eine Planke knarrte, und wichen in den Schatten zurück, wenn die Wachen zufällig in ihre Richtung schauten. Sie spähten hinter Fässer, die nach Fisch stanken, zerrten große Rollen Tau beiseite, an denen Seepocken klebten, und kletterten sogar ein paar Meter die Takelage hoch, um sich umzusehen, doch sie fanden keine Spur von ihrer Freundin. Erschöpft ließen sie sich hinter ein paar Kisten plumpsen. Molly fing allmählich an zu glauben, es sei aussichtslos, als Arthur sie in die Seite stieß und zischte:

»Da, da ist wieder dieser Gesang!«

Molly legte die Hand ans Ohr. Ja, da war das traurige Lied, das durch die Nacht klang. Eine Frauenstimme sang von ihrem Zuhause und wie sehr sie es vermisste.

»Halt dein Maul!«, bellte eine der Wachen und trat gegen ein Fass.

Aber die Sängerin beachtete ihn gar nicht. Ihr Lied schwoll wieder an, bittersüß wie der Klang einer Geige, und Mollys Herz krampfte sich vor Traurigkeit zusammen.

»Meinst du …«, fing Arthur an, runzelte dann jedoch die Stirn. »Das kann nicht Miss Badcrumble sein, oder? Ich bin mir ziemlich sicher, dass sie nicht singen kann. Nicht so schön zumindest.«

»Glaube ich auch nicht«, flüsterte Molly. »Aber vielleicht haben die Piraten damals eine Frau geraubt, die sie hier gefangen halten. Erinnerst du dich? Miss Badcrumble hat uns doch von einem Bündel erzählt. Was, wenn sie eine Frau von der Insel gekidnappt haben, und sie ist immer noch hier? Gefangen seit all diesen Jahren …«

Die Kinder schauten sich entsetzt an.

»Wir sehen nach«, sagte Arthur schließlich. »Das ist das mindeste, was wir tun können.«

»Wir dürfen sie auf keinen Fall hierlassen«, flüsterte Molly. »Sie klingt so traurig und verzweifelt.«

Arthur spähte über die großen Holztruhen, hinter denen sie sich versteckten. Die Wachen waren damit beschäftigt, wüste Beschimpfungen in Richtung der Sängerin zu brüllen. Arthur nickte Molly zu, und auf sein Kommando krochen die beiden leise aus ihrem Versteck. Vorsichtig schlichen sie hinter den eingeholten Segeln an den Wachen vorbei.

»Da lang«, flüsterte Molly und deutete zum Bug.

Eine Holztreppe führte zu einer Tür mit eleganten Bleiglasfenstern, die aussah, als würde sie zur Kapitänskajüte gehören. Dahinter konnten sie einen flackernden Lichtschein ausmachen. Als der Silberstrahl des Leuchtturms sie traf, waren Arthur und Molly für einen Moment geblendet. Hektisch liefen sie in Richtung Fockmast, um sich in dessen Schatten zu verbergen.

Miss Badcrumbles Laternenzauber ist ein klein wenig zu wirksam für meinen Geschmack, dachte Molly.

Die beiden kauerten sich reglos hinter den Mast. »Hier ist der Gesang noch lauter«, flüsterte Molly und spürte, wie ihr die Tränen in die Augen stiegen.

»Ich sehe aber niemanden.« Auf allen vieren bewegte Arthur sich vorwärts, bis er beinahe am Bugspriet war. Molly krabbelte zu ihm. Die Sängerin musste hier irgendwo sein; es klang, als käme die klagende Musik ganz aus der Nähe.

Molly betrachtete den mit Schnitzereien verzierten Vorpiek und schnappte nach Luft. »Die Galionsfigur!«

»Äh, ja, wir sind vorne –«

»Nein, Arthur. Die Galionsfigur singt!«

Sie lehnten sich über die Reling, einer links vom Bug, einer rechts, und starrten staunend zu der wunderschönen Frauenfigur. Man erkannte auf den ersten Blick, dass sie nicht als Teil des Schiffs geschnitzt worden war. Sie war mit schweren Ketten an den Bug gefesselt. Ihr langes, rotes Haar leuchtete wie Kupfer, und auf ihrer Haut und den Flügeln, die seitlich hervorschauten, lag ein silbergrauer Schimmer. Molly schlug sich die Hände vor den Mund.

»Sie ist nicht aus Holz, Arthur.« Sanft berührte Molly die Spitze eines ihrer fledermausartigen Flügel. »Sie ist aus Stein!«

Der Gesang verstummte, und die Galionsfigur öffnete die Augen, die so blau, hart und glänzend waren wie Edelsteine. Molly biss sich auf die Lippen und hielt den Atem an, als die Frau den Kopf zu ihnen umwandte. Das Kratzen des Steins an den Eisenketten war auf seine Art sogar noch trauriger als das Lied.

»Du bist ein Wasserspeier«, rief Arthur aus.

Angst trat in ihre weitaufgerissenen Augen. »Wer seid ihr?«

»Freunde!«, beruhigte Molly sie. »Wir sind Freunde. Wir kennen noch andere Wasserspeier.«

Die Frau blickte nachdenklich von ihr zu Arthur und wieder zurück. Dann, ganz plötzlich, verzog sich ihr Mund zu einem Lächeln, und etwas, das aussah wie eine Träne, glitzerte in ihrem Augenwinkel.

»Freunde«, flüsterte sie. »Es ist schon lange her, dass ich einen Freund getroffen habe.«

Mitfühlend strich Molly über die großen, schweren Ketten. Der Rost hatte an der steinernen Haut gescheuert und rötliche Linien hinterlassen. »Du bist ihre Gefangene«, murmelte sie.

»Ja, und das schon seit langer, langer Zeit. Aber womöglich – womöglich bald nicht mehr?« Eine herzzerreißende Mischung aus Hoffnung und Zweifel lag in ihrer Stimme. »Würdet ihr –«

»Würden?«, rief Arthur halblaut. »Jeder, der von diesem Piratenpack angegriffen wird, ist unser Freund, stimmt's, Molly?« Er packte die rostige Kette und zerrte daran.

»Darauf kannst du Gift nehmen«, sagte Molly grimmig. Sie zog Arthurs Hand weg. »Nicht so, sonst wird sie bloß noch enger. Wir brauchen die Schlösser!«

Vom Achterdeck erklang erneut Gebrüll. »Jetzt hältst du also endlich dein Maul, hä? Hast hoffentlich deine Stimme verloren!«

Die Piraten grölten, und die Kinder hielten den Atem an. Dann flüsterte die Galionsfigur: »Jetzt ist der richtige Moment. Schaffst du es?«

Molly nickte und ließ ihre Hände über die Ketten wandern, bis sie die Vorhängeschlösser fand, die sie zusammenhielten. »Mein Vater ist Entfesselungskünstler, unter anderem«, flüsterte sie stolz. »Er hat mir gezeigt, wie so was geht.«

Sie holte eine Haarklammer aus ihrer Hosentasche. Arthur beobachtete sie fasziniert, aber seine Fragen waren an die Wasserspeierin gerichtet.

»Wie zum Teufel bist du hier gelandet? Was ist passiert?«

»Ach«, seufzte die rothaarige Galionsfigur leise, »das ist eine wirklich sehr lange Geschichte, und schon so lange her …«

»Du kannst sie uns erzählen, während Molly dich losmacht. Sonst sterbe ich noch vor Spannung«, sagte Arthur. »Wie heißt du übrigens? Ich bin Arthur. Und meine Freundin hier ist die *Unglaubliche Molly Cornell.*«

»Nancy.« Die Wasserspeierin lachte leise und zittrig, als sie sich ein wenig zur Seite wandte, damit Molly an eines der Schlösser herankam. »Ich stamme von Schloss Ravenstorm.«

»Natürlich«, sagte Arthur und nickte. »Da sind auch die anderen Wasserspeier.«

»Genau«, murmelte Nancy. »Die wasserspeienden Wächter.«

Arthur warf Molly einen aufgeregten Blick zu. »Also hatten wir recht. Ihr beschützt wirklich die Insel.«

Nancy hob eine ihrer hübschen Steinaugenbrauen. »Ja, das war unsere ehrenvollste Aufgabe: die Verteidigung unseres Zuhauses. Seit dem Bau des Schlosses haben die Wasserspeier die Insel stets vor Angriffen beschützt. Lord Trevarren war ein intelligenter Mann, intelligent genug, die Magie der Insel zu spüren und zu versuchen, sie sich zunutze zu machen. Er brachte die Magie nach Schloss Ravenstorm … und das war am Ende sein Untergang. Aber diese Geschichte muss ich euch ein andermal erzählen.«

Molly drehte und bog die Klammer im Schloss, während

sie Arthur anlächelte. »Auf die sind wir schon besonders gespannt.«

»Er erweckte die Wasserspeier zum Leben«, flüsterte Nancy, »und sie kämpften, um die Insel und ihre Bewohner zu verteidigen, wann immer sie bedroht wurden. Als zweihundert Jahre nach Lord Trevarrens Tod der Krieg ausbrach und Eindringlinge mit einem U-Boot kamen – oh, aber zuerst muss ich euch von den Piraten erzählen.«

»Ja, bitte«, sagte Arthur.

Ein abwesender Blick trat in die Edelsteinaugen der Wasserspeierin. »Als das Schloss gebaut wurde, wusste Black Edward Sharksbane, dass es auf der Insel reiche Beute für ihn und seine Mannschaft geben würde. Über die Jahre und Jahrhunderte hinweg segelte er immer wieder einmal nach Ravenstorm, um zu rauben. Zuerst waren seine Überfälle raffiniert und schnell, doch Sharksbane wurde immer rücksichtsloser. Er wurde mächtiger und gieriger und grausamer. Es kam eine Zeit, da genügten ihm Schnelligkeit und Hinterlist nicht mehr. Er wollte alles, was die Insel zu geben hatte!«

»Er ist zu lange mit allem durchgekommen«, murmelte Arthur und nickte wissend.

»Vielleicht – und vielleicht war das alles auch unsere Schuld.« Nancys Worte waren erfüllt von Schmerz und Reue. »Als das Geisterschiff wieder einmal anlegte, stürmten die Piraten an Land, die ganze riesige, brüllende Horde, wie in den letzten Tagen. Sie überfielen Crowsnest, plünderten jedes Haus und jeden Hof, zerstörten und töteten und beraubten selbst die Ärmsten der Armen.« Wut blitzte in Nancys Augen. »Es war ein erbarmungsloser, gnadenloser Angriff. Aus dem Schloss stahlen sie unendlich viele Wertsachen, viele wunderbare Kunstschätze. Wir Wasserspeier versuchten, sie zu vertreiben – wir gaben unser Bestes, aber es waren einfach zu viele. So viele, und noch dazu hatten sie uns überrumpelt …

Doch nach diesem ersten Vorstoß war es noch nicht vorbei: Sharksbane hatte Blut geleckt und wollte mehr. Deshalb kamen er und seine Plünderer in der nächsten Nacht zurück. Das hatten wir Wasserspeier jedoch schon vermutet und uns eine neue Verteidigungsstrategie ausgedacht. Dass Sharksbane sich mittlerweile für unbesiegbar hielt und deshalb unvorsichtig wurde, spielte uns in die Hände: Wir ließen die Eindringlinge erst einmal eine Zeitlang gewähren und warteten, bis sie trunken vor Gier waren und sich sicher wähnten. Wir lauerten ihnen auf, als sie sich auf der Dorfwiese betranken – und dann stießen wir zu. Oh, die Angst in ihren Augen, als wir aus der Luft auf sie niederstürzten!« Ein Lächeln verwandelte Nancys Gesicht. »Noch nie hatte es jemand gewagt, Black Edward und seine Mannschaft anzugreifen. Wie erschrocken sie alle waren!«

»Ha, das glaube ich«, murmelte Molly, als der Mechanismus nachgab und das erste Kettenschloss aufsprang. »Bitte erzähl weiter, Nancy.«

»Es war ein erbitterter Kampf und ein knapper Sieg.

Vielleicht hätten wir sie am Ende gar nicht besiegt, wenn nicht eine von uns …« Nancys Stimme brach, aber sie sprach weiter: »Eine von uns wollte zu viel. Das Piratenschiff, die Medusa – warum sollten wir das nicht auch angreifen? Wir könnten es in der Bucht versenken und die Piraten für immer vernichten!«

Nancys steinernes Gesicht verzog sich. »War es deine Idee, Nancy?«, fragte Molly leise. »Und ist dabei etwas schiefgelaufen?«

Nancy nickte und schloss kurz die Augen, als sie daran zurückdachte. »Unser Anführer kümmerte sich um Black Edwards Gefolge, lenkte die Männer ab, während sich ein paar von uns zur Medusa durchkämpften. Und plötzlich fand ich mich am Bug des Schiffs wieder, genau unter der Galionsfigur. Es war ein hässliches, monströses Ding, eine Gorgo mit einem Kopf, auf dem statt Haaren Schlangen wuchsen, mit zornigen roten Augen und Klauenhänden. Und in diesen Klauen hielt sie Black Edwards magischen Kompass.«

Aufgeregt suchte Molly Arthurs Blick, sagte jedoch nur: »Erzähl weiter!«

»Der Kompass der Gorgo führt die Piraten über die Weltmeere. Niemand anders kann sie sicher lenken, schließlich ist die Medusa kein gewöhnliches Schiff. Es braucht die Magie dieses Kompasses, ohne ihn können die Piraten nicht gefahrlos segeln. Aber das wusste ich nicht, zumindest damals nicht. In meiner Wut riss ich die Galionsfigur von der Medusa und zerschmetterte sie auf den Felsen.«

»Und am Ende ist sie in einer Ecke von Miss Badcrumbles Museum gelandet«, rief Arthur. »Erinnerst du dich an diese gemalten Augen, Molly? Das muss alles sein, was von der Galionsfigur übrig geblieben ist.«

»Die Gorgo war zerstört, und der Kompass konnte ohne sie nicht am Bug befestigt werden«, fuhr Nancy fort. Ihre Stimme verdunkelte sich. »Und jetzt erkannten wir, dass die Piraten nicht aufgeben würden. Sie kämpften noch immer, erbitterter als je zuvor, als würde eine neue, tödliche Verzweiflung sie antreiben. Wir standen nicht mehr kopflosen Trunkenbolden, sondern gleichwertigen Gegnern gegenüber. Und so kamen wir in einer Kampfpause zu Friedensverhandlungen zusammen.

Black Edwards Augen – oh, ich weiß noch, wie erbarmungslos sie funkelten. Er lächelte wie ein Hai, als er uns die Wahrheit offenbarte: dass die Medusa ohne die Gorgo und ihren Kompass nicht weitersegeln konnte. Ohne die Gorgo würden Black Edward und seine Piraten für immer auf Ravenstorm bleiben, plündern und brandschatzen und unser Zuhause auf ewig ins Verderben stürzen. Und wir hatten dieses Unheil über die Insel gebracht! Über die Insel und über uns selbst!«

Arthur hielt den Atem an. »Und was habt ihr dann gemacht? Was konntet ihr überhaupt tun?«

»In der Dunkelheit dieser Nacht, im Schein des brennenden Dorfes, schlossen die Wasserspeier einen Pakt mit Sharksbane.« Nancys Stimme wurde leise und bitter. »Einen Pakt mit dem Teufel, wahrlich.«

Molly bog und wand die Haarklammer hin und her und betete, dass sie nicht abbrechen würde bei ihrem verzweifelten Versuch, das nächste Schloss zu öffnen. Endlich gab auch dieser Mechanismus nach, und es sprang auf. »Was ist passiert, Nancy?«

Die Erregung war aus Nancys Augen gewichen, und wieder färbte unermessliche Trauer ihre Stimme. »Die Piraten verlangten eine neue Galionsfigur, die ihren magischen Kompass tragen und sie durch die rauen Weiten der Meere lotsen sollte. Wenn die Wasserspeier ihnen das gäben, dann, so versicherte Black Edward, würden die Piraten Ravenstorm für immer verlassen.«

Mollys Hand hielt über dem letzten Schloss inne, und sie schaute entsetzt zu Nancy. »Du!«, flüsterte sie. »Sie haben dich als neue Galionsfigur an die Piraten ausgeliefert?!«

Nancy nickte. »Ich habe die Gorgo zerstört, und es war mein Plan gewesen, das Schiff anzugreifen. Die Piraten wollten Rache, und meine Freunde glaubten, sie hätten keine andere Wahl, um die Insel zu retten. Sie händigten mich Black Edward aus.«

Arthur schnaubte wütend. »Das ist furchtbar. Wie konnten sie nur? Es muss doch einen anderen Weg gegeben haben!«

Nancy schwieg lange, als würde sie zurückdenken. Dann

nickte sie wieder. »Ja. Ja, bestimmt hätte es eine andere Lösung gegeben, aber sie haben sich nicht die Zeit genommen, darüber nachzudenken. Sie hatten zu viel Angst.«

»Sie waren feige!«, erwiderte Arthur.

»Ja, vielleicht«, gab Nancy zu. »Doch es war nun einmal, wie es war, und ich wurde an Black Edward übergeben. Seither bin ich ihm auf Gedeih und Verderb ausgeliefert, ihm und seiner grässlichen Mannschaft.« Sie lachte bitter. »Wie sie es lieben, mich als ihre Sklavin zu halten! Gefesselt an dieses Schiff, auf ewig dazu verdammt, durch eisige Meere und heulende Winde zu segeln und zuzusehen, wie sie andere Inseln, andere Häuser verwüsten. Manchmal machen sie sich für andere Schiffe sichtbar, in der Hoffnung, die Besatzung so zu erschrecken, dass sie die Kontrolle verliert und das Schiff zum Sinken bringt. Oh, es war kein großer Sieg, den die Wasserspeier errungen haben.«

»Du musst unglaublich wütend auf sie gewesen sein«, murmelte Molly, als die erste Kette sich laut rasselnd von Nancys Arm löste. Schnell fing sie sie auf und betete, dass die drei Wachen nichts gehört hatten. »Du hast die Wasserspeier verflucht, nicht wahr?«

»Ja. Ich habe sie für immer erstarren lassen und ihren Anführer dazu verdammt, die Grenzen von Schloss Ravenstorm nie wieder zu überschreiten.«

»Da warst du noch nett«, sagte Arthur finster. »Ich an deiner Stelle hätte ihnen einen viel schlimmeren Fluch auferlegt.«

Nancy schüttelte den Kopf, dann streckte sie ihren befreiten Arm nach hinten, um ihnen ihre Handfläche zu zeigen. Das steinerne Fleisch war überall verletzt und mit gezackten Narben übersät.

»Ich wollte Black Edward nie zu anderen armen Städten führen, ihn zu seiner Beute lotsen. Es hat Jahre gedauert, doch am Ende habe ich es geschafft, den Kompass aus meinen gefesselten Händen zu lösen. Ich habe ihn während eines Unwetters in die Fluten geschleudert und gehofft, dass er für immer verloren wäre.«

»Aber das war er nicht«, flüsterte Arthur. »Wir haben ihn gefunden, unten am Strand. Weißt du noch, was Charley über die seltsamen Strömungen gesagt hat, Molly? Die müssen ihn zur Insel gezogen haben.«

»Das habe ich schon befürchtet«, seufzte Nancy. »Der Kompass lässt sich nicht so einfach zerstören. Und wohin der Kompass geht, dorthin folgt ihm die Medusa. Man kann den Kompass und das Schiff nicht trennen, niemals. So ist Black Edward schließlich doch nach Ravenstorm zurückgekehrt. Und ohne seinen magischen Lotsen wird er die Insel nie wieder verlassen. Er wird sich an ihr rächen, und an den Wasserspeiern, die ihm eine untreue Galionsfigur an Bord gebracht haben.«

Arthur lockerte eine der Ketten, so dass Molly leichter an das letzte Schloss herankam. »Also, die Wasserspeier verdienen es nicht anders«, flüsterte er aufgebracht, »aber die Inselbewohner schon.«

»Das ist wahr.« Nancy schüttelte kummervoll den Kopf. »Und ich bedaure, den Kompass je über Bord geworfen zu haben, denn das bedeutet, dass jetzt mein Zuhause erneut bedroht wird.«

»Aber das muss nicht so sein.« Molly verbog die Klammer, und das Schloss ging auf. Sie sah Nancy kampflustig an. »Jetzt hast du die Chance, zurückzukehren und dein Zuhause zu beschützen.«

Sie löste das Schloss, und die rostige Kette fiel in ihre wartenden Hände.

Mit einem erstickten Freudenschrei sprang Nancy von dem Balken, an dem sie so lange gefangen gewesen war. Überraschend leichtfüßig landete sie auf dem Deck und drehte sich im Kreis. Ihr sturmzerfetztes graues Seidenkleid wirbelte um sie herum, und ihr Haar flatterte wild im Wind, silbern glänzend im Schein des Leuchtturms.

»Frei!« Sie streckte die Arme zum Himmel, und die pure Freude breitete sich auf ihrem Gesicht aus. »Frei und bald zu Hause!«

8

»Ich danke euch, Molly und Arthur. Oh, ich danke euch!« Nancy nahm die beiden an den Händen und wirbelte sie mit sich herum. »Aber wie seid ihr überhaupt hierhergekommen? Warum habt ihr dieses schreckliche Schiff betreten?«

Mollys Herz zog sich zusammen. Natürlich – in der ganzen Aufregung um Nancys Befreiung hatte sie kurzzeitig vollkommen vergessen, warum sie eigentlich hier waren. »Oh, Nancy«, flüsterte sie. »Du warst nicht ihre einzige Gefangene. Die Piraten haben eine Freundin von uns entführt, sie ist –«

Nancy hob die Hand. »Ich weiß, wen ihr meint, und ich weiß genau, wo sie ist. Ich habe gesehen, wie sie an Bord gebracht wurde. Folgt mir, dann holen wir eure Freundin hier heraus.«

Sie legte einen Finger auf die Lippen und schlich voran, immer darauf bedacht, den Großmast und die Takelage zwischen ihnen und den Wachen zu haben, die sich mittlerweile lauthals lachend aus einem Fass Rum bedienten.

»Die drei werden später mächtig Ärger mit ihrem Kapitän bekommen«, flüsterte Nancy Molly und Arthur mit einem Zwinkern zu, als sie hinter einem Stapel Kisten Schutz suchten. »Nicht, dass mich das auch nur die Bohne interessiert! Aber seht ihr die Luke hinter ihnen? Da geht es zum Frachtraum, und in den haben sie die alte Dame gebracht.«

»Hm, das ist vertrackt.« Arthur runzelte die Stirn. »Die Seeräuber sitzen also genau zwischen uns und Miss Badcrumble.«

Molly kniff ein Auge zu und betrachtete den silbernen Leuchtturmstrahl, während sie nachdachte. »Vertrackt ist das falsche Wort. Eher … vertrickt.«

Arthurs Blick war belustigt. »Dir fällt immer was ein, Molly Cornell. Welcher Trick wird es dieses Mal?«

Molly grinste verschmitzt und flüsterte: »Schau dir die Schatten da mal an. Kannst du dir vorstellen, wie gruselig es wäre, wenn Black Edward Sharksbane darin auftauchen würde?«

Und tatsächlich: Das Zusammenspiel des Leuchtturmstrahls und des gespenstisch fahlen Mondlichts warf lange tanzende Schatten über das ganze Schiff. So verzerrt, wie sie waren, sahen sie wirklich bedrohlich aus – zumindest, wenn man nicht wusste, woher sie kamen. Der Schatten der Takelage zum Beispiel wirkte wie das Netz einer grausigen Riesenspinne.

Arthur legte eine Hand auf Mollys Arm. »Ich glaube, ich hab's kapiert«, wisperte er aufgeregt.

Schnell holte Molly ein paar Haargummis aus der Hosentasche und spannte sie über ihre Finger.

Arthur grinste sie an, bevor er sich an die Wasserspeierin

wandte. »Nancy, Molly hat eine echt gute Idee. Darf sie vielleicht, äh … etwas mit deinen Haaren machen?«

Molly freute sich, dass Arthur wusste, was sie im Sinn hatte. Sie fing an, Nancys langes rotes Haar zu drei Zöpfen zu flechten, und als sie damit fertig war, flüsterte sie ihr eifrig ins Ohr, was sie nun tun sollte. Nancys Gesicht verzog sich zu einem breiten Lächeln, bevor sie auf eine der Kisten stieg. Molly und Arthur stellten sich dicht neben sie. Zusammen formten sie einen gewaltigen Schatten.

»Ho!«, rief Arthur mit tiefer, donnernder Stimme.

Die drei Wachen sprangen so schnell auf, dass das Rumfass umkippte und einer von ihnen der Länge nach hinfiel. Der Glatzkopf mit dem Goldring im Ohr riss sein Entermesser aus dem Gürtel und fuchtelte drohend damit herum. Es blitzte im gleißenden Licht.

»Wer ist da, beim Klabautermann?«, brüllte er, aber Molly bemerkte, dass seine Stimme zitterte.

Dazu gibt es auch allen Grund, dachte sie und konnte gerade noch ein Kichern unterdrücken. Der riesige Schatten auf dem Deck sah aus wie ein starker gefährlicher Mann mit drei geflochtenen Zöpfen, die ihm vom Kopf abstanden.

Ich war noch nie selbst eine Schattenpuppe!, fiel Molly auf, und sie beschloss, dass sie das bald wiederholen musste.

»Bist du das, Käpt'n?« Die Stimme des Piraten klang argwöhnisch.

Arthur stellte sich der Herausforderung. »Ahoi, ihr räudigen Hunde! Da hockt ihr und sauft meinen Rum, ihr Nichtsnutze!«

Immer noch misstrauisch, mittlerweile aber deutlich nervöser, machte der Pirat einen Schritt zurück. »Käpt'n, ich –«

»An die Arbeit!«, donnerte Arthur. »Glaubt ja nicht, dass ihr euch vor euren Pflichten drücken könnt! Ab aufs Achterdeck, und kommt bloß nicht wieder, bevor es blitzblank ist, sonst lasse ich euch alle kielholen!«

Der Glatzkopf sah aus, als wollte er noch etwas sagen, doch die beiden anderen hatten genug gehört. Sie packten ihn und wichen zurück, dann rannten sie plötzlich alle drei los und stolperten übereinander in ihrer Eile, sich dem Zorn des Kapitäns zu entziehen.

Molly fiel Arthur um den Hals. »Du bist ein super Schauspieler!«

»Das ist nur eins meiner vielen Talente«, scherzte Arthur mit einem Augenzwinkern.

»Das wird allerdings nicht noch mal funktionieren«, warnte Nancy, als sie von der Kiste sprang und ihnen beiden eine Hand auf die Schulter legte. »Lasst uns schnell eure Freundin finden!«

Die Luke zum Frachtraum wirkte massiv und schwer, aber Nancy hob sie mühelos an und hielt sie auf, damit Molly und Arthur die rutschige Leiter in die Dunkelheit hinabsteigen konnten. Molly hörte, wie Nancy ihnen folgte und die Falltür leise knarrend hinter ihnen schloss. Sofort war alles schwarz, und es kam Molly gleich viel kälter vor. Sie zitterte.

Ein tropfendes Geräusch hallte durch den Raum, und es roch nach Salz, Moder und Fisch. Tastend streckte Molly eine Hand nach der Schiffswand aus. Eisige Kälte kroch über ihre Finger, und ihr fiel wieder ein, dass sie auf einem Geisterschiff waren.

»Siehst du was, Arthur?«, flüsterte sie und wünschte sich prompt, nichts gesagt zu haben. Ihre Stimme klang schaurig und fremd.

»Langsam schon«, hörte sie ihren Cousin antworten. »Hier ist so eine Art Leuchten. Warte noch kurz!«

Molly blinzelte und bemerkte, dass er recht hatte. Hier unten war ein schwaches, gespenstisches Licht auszumachen. Ob es von den Meerwasserpfützen ausging, die über die Planken schwappten, oder vom Schiff selbst, konnte Molly nicht sagen. Jetzt, wo sich ihre Augen an die Dunkelheit gewöhnten, erkannte sie Stapel mit Fässern und Tauen in den finsteren Ecken, und weiter hinten ein paar glänzende Metallstäbe.

Als sie sich in Richtung der Gitterstäbe weitertasteten, sahen sie, wie sich ein Paar lange, dürre Vogelklauen um die rostigen Stäbe legten, und plötzlich tauchte auch Miss Badcrumbles blasses Gesicht aus dem Schatten auf, eingerahmt von zerzaustem grauem Haar. Ihre großen Augen wirkten ängstlich.

»Molly! Arthur! Was macht ihr denn hier?«, fragte sie mit zittriger Stimme.

»Sie retten, natürlich!«, sagte Arthur. Er legte eine Hand auf Miss Badcrumbles Klauen.

»Aber das geht nicht! Herrje. Das ist viel zu gefährlich. Herrjemine.« Miss Badcrumble klang, als würde sie gleich vor Angst in Tränen ausbrechen.

»Reden Sie keinen Quatsch«, sagte Arthur. »Wir haben Sie da in null Komma nichts rausgeholt.«

»Wo sind die Schlüssel?«, fragte Molly die alte Flink. »Wissen Sie, wo sie aufbewahrt werden?« Jetzt bekam sie ebenfalls Angst, denn eins hatten sie nicht bedacht: Wie sollten sie Miss Badcrumble freibekommen, wenn sie die Schlüssel nicht fanden? Die Zelle hatte ein massives Metallschloss, kein Vorhängeschloss, das sich mit einer kleinen Haarklammer aufstochern ließ.

»Wir brauchen keinen Schlüssel.« Nancys Stimme war zuversichtlich.

Miss Badcrumble stieß einen erstickten Schrei aus und schlug sich die Klauen vor den Mund. »Wer ist das?«

»Das ist Nancy. Sie ist eine Freundin von uns«, sagte Arthur. »Das heißt, sie ist auch eine Freundin von Ihnen. Ach ja, und sie ist eine Wasserspeierin.«

»Du liebes bisschen«, sagte Miss Badcrumble matt.

»Die Macht, die das Schiff über mich hatte, schwindet«, erklärte Nancy. »Die Medusa hat mich lange geschwächt, aber jetzt bin ich nicht mehr an sie gekettet. Meine Kraft kehrt wieder. Tretet zurück. Sie bitte auch, Miss Badcrumble.«

Molly zerrte Arthur zurück, als Nancy vortrat und mit jeder Hand einen Eisenstab packte. Die steinernen Muskeln in ihrem Rücken und den Schultern spannten sich, dann bog sie die Stangen langsam auseinander. Molly beobachtete ehrfürchtig, wie Rost abblätterte und zu Boden fiel.

Jetzt ließ Nancy den einen Stab los und legte beide Hände um den anderen, stemmte die Füße gegen die Wand und zog mit aller Kraft, die Zähne fest zusammengebissen. Mit einem Krachen gab die Stange nach. Sie brach aus ihrer Verankerung. Ohne mit der Wimper zu zucken, warf Nancy sie beiseite und klopfte sich zufrieden die Hände ab.

»Wow«, murmelte Molly. Sie hielt den Atem an, warf einen Blick zur Leiter und wünschte sich, sie könnte durch die Planken sehen, um sicherzugehen, dass die Piraten auch wirklich nichts bemerkt hatten. Hoffentlich fürchteten sie den Zorn ihres Kapitäns so sehr, dass sie immer noch fleißig das Deck schrubbten.

Arthur reichte Miss Badcrumble die Hand, als sie zögernd durch die Lücke stieg. Nachdem sie auch ihren Rock befreit hatte, stürzte sie zu Molly und Arthur und umarmte sie. Lächelnd schob Molly sich die Haare der alten Flink aus dem Gesicht, dann erwiderte sie ihre Umarmung.

»Noch haben wir es nicht geschafft«, erinnerte sie die anderen. »Lasst uns hier verschwinden, bevor die Wachen merken, dass ihr Käpt'n doch nicht da ist.«

»Nichts lieber als das«, sagte Nancy und ging voraus, zurück zur Leiter. Dieses Mal stieg sie als Erste hinauf, um die schwere Luke mit ihren starken Armen anzuheben. Sie öffnete sie vorsichtig und spähte durch einen kleinen Spalt, bevor sie sie ganz aufstieß. »Kommt, wir dürfen keine Zeit verlieren.«

Molly kletterte zuerst hinaus und half dann Miss Badcrumble, die ungelenk versuchte, ihre langen Röcke daran zu hindern, sich um ihre Knöchel zu wickeln. Danach kam Nancy und hielt Wache, bis auch Arthur draußen war.

»Schnell!«, flüsterte er. »Unser Boot liegt unter dem Heck.«

So leise sie konnten, schlichen sie sich über die Decks. Mollys Herz hämmerte, als sie an den Wachen vorbeikamen, die auf allen vieren die Planken schrubbten und sich laut über das anstrengende Seefahrerleben beschwerten.

»Eines Tages hab ich mein eigenes Schiff«, schimpfte Goldring. »Dann kann ein anderer schrubben.«

»Halt dein Maul, sonst hört dich der Käpt'n!«

»Von eurem Geschwätz tun mir die Ohren weh«, knurrte der Dritte. »Spart euch die Spucke! Außer mir macht sich hier doch keiner den Buckel krumm.«

Bei all dem Gejammer war es kein Wunder, dass die Piraten nichts vom Ausbruch ihrer Gefangenen mitbekommen hatten. Arthur warf einen Blick über die Schulter und grinste Molly an, aber die war viel zu angespannt, um zurückzulächeln. Nur ein falscher Schritt, und sie würden auffliegen. Und dieses Mal würden die Piraten nicht auf einen Schattentrick reinfallen …

Arthurs Seil baumelte noch immer am Heck des Schiffs, und sie kletterten einer nach dem anderen über die Reling und hangelten sich hinunter. Nancy half der verängstigten Miss Badcrumble. Quälende Minuten verstrichen, bis sie alle sicher in Charleys Boot waren und Arthur das Seil losmachte.

Molly merkte, wie ihr Cousin den Atem anhielt, als er behutsam den Motor startete, doch von den Piraten war nichts zu sehen oder zu hören, keine Bewegung, kein Alarm, kein wütendes Geschrei. Arthur ließ den Motor im Leerlauf tuckern und steuerte das Boot langsam und leise aus dem Heckschatten des Geisterschiffs und aufs offene Wasser hinaus. Erst als sie gut hundert Meter weit weg waren, traute er sich, den Gang einzulegen und Gas zu geben.

Während Molly ungeduldig in Richtung Insel spähte und noch immer kaum zu glauben wagte, dass sie es tatsächlich geschafft hatten, unentdeckt von der Medusa zu fliehen, schob sich eine Hand in ihre. Nancy. Lächelnd schaute sie zu der schönen Wasserspeierin auf. Ihre Hand fühlte sich auf einmal gar nicht mehr so steinern und kalt an, wie Molly erwartet hatte. Je näher sie der Küste kamen, desto weicher und wärmer wurde ihre Haut, und in den blauen Augen glänzten Tränen.

»Ich kann nicht fassen, dass ich wirklich nach Hause komme«, wisperte Nancy.

Molly drückte ihre Hand. Die Berührung der Wasserspeierin erinnerte sie daran, wie die von der Finsterflinkkönigin versteinerten Kinder langsam wieder lebendig geworden waren, wie warm und weich sich ihre Haut angefühlt hatte, als der Fluch gebrochen war. Und Nancy wurde nicht nur lebendig, warm und weich, auch ihre Flügel wurden kleiner. Gebannt beobachtete Molly, wie sie so lange schrumpften und schrumpelten, bis sie ganz verschwunden waren.

Jetzt erinnerte nichts an Nancy mehr an ein Ungeheuer – und eine seltsame Ähnlichkeit mit einer wohlbekannten Person trat deutlich hervor.

»Du ähnelst Mason mehr als die anderen Wasserspeier«, rief Molly erstaunt. »Du siehst … irgendwie … menschlicher aus.«

Nancy wirkte leicht erschrocken und irgendwie peinlich berührt, sagte jedoch nichts. Molly konnte ihre Neugier nicht bändigen und zog sie zu sich, um ihr ins Gesicht zu sehen.

»Warum? Warum bist du nicht wie die Wasserspeier auf dem Schlossdach?«

Statt einer Antwort wandte Nancy sich brüsk ab und richtete ihren Blick wieder auf die schäumenden Wellen am Strand der Insel. »Das spielt keine Rolle«, sagte sie schroff und rang sichtlich um Fassung. »Schau, wir sind da!«, rief sie im nächsten Moment, und in ihrer Stimme schwang ehrliche Begeisterung. »Ich bin wirklich, wahrhaftig zu Hause!«

Arthur lenkte Charleys Boot an den Anlegesteg, wo es gegen die Reifen stieß und zum Stehen kam. Der Wind heulte, zerrte an Mollys Haaren und wehte ihr kalten Regen ins Gesicht, als sie aus dem Boot sprang, um die Halteleine zu fangen und um einen Poller zu schlingen.

»Keine Spur von den Piraten«, sagte Arthur, während er Miss Badcrumble an Land half. »Aber es würde mich sehr wundern, wenn sie schon zurück zu ihrem Schiff sind.«

»Das sind sie bestimmt noch nicht.« Molly zitterte. »Es stürmt ja auch noch. Wahrscheinlich plündern sie gerade irgendeinen Hof auf der anderen Seite der Insel. Ich wette, wir hören morgen, dass es dort Sturmschäden gegeben hat.«

»Vielleicht«, sagte Nancy finster. »Aber bevor wir uns um die Plünderer kümmern, habe ich noch etwas zu erledigen.«

Leichtfüßig sprang sie auf den Anlegesteg. Sie wirkte noch größer als vorher und sprühte vor Freude. Als sie die Fäuste ballte und wieder öffnete, fiel Molly auf, wie lang und spitz ihre Fingernägel waren, hart wie Halbedelsteine. Sie verliehen ihr etwas Gefährliches, und Molly war froh, dass die schöne Wasserspeierin auf ihrer Seite war und sie nichts von ihr zu befürchten hatten.

Schauen wir mal, wie Black Edward mit Nancy fertig wird, wenn sie nicht in Ketten liegt!, dachte sie. Molly war so stolz auf ihre neue Freundin, dass sie einen Kloß im Hals spürte.

Sie lächelte, als Nancy beschwingt den Steg entlanglief und auf den Strand hüpfte. Kaum berührten ihre Füße den Sand, bückte sie sich und vergrub ihre langen Finger darin, während ihr Gesicht vor Glück strahlte. Jetzt hatte sie nicht einmal mehr das geringste bisschen Ähnlichkeit mit einem Wasserspeier, dachte Molly; sie war anmutig und hübsch.

»Was macht sie da?«, raunte Arthur in Mollys Ohr.

Arthur, Molly und Miss Badcrumble legten den Kopf

schief und lauschten. Nancy hatte die Augen geschlossen und war in einen leisen, melodischen Sprechgesang verfallen, den sie in einer Endlosschleife wiederholte.

»Wenn ihr mich fragt, meine Lieben«, meldete Miss Badcrumble sich zu Wort, »ich würde sagen, sie spricht einen Zauber.«

»Oder sie hebt einen auf?« Molly drehte sich zu ihrem Cousin. »Ich glaube, sie löst den Fluch, Arthur!«

»Das glaube ich auch.« Arthur grinste. »Sie ist so glücklich, dass sie wieder zurück sein darf. Es hätte mich auch gewundert, wenn sie weiter so zornig geblieben wäre.«

Schlagartig hörte es auf zu stürmen. Obwohl hoch über ihnen noch die Wolken dahinjagten und die Bäume am Horizont vom Wind geschüttelt wurden, war es um sie herum völlig ruhig. Molly bemerkte, dass sie den Atem anhielt, als wolle sie Nancy auf keinen Fall stören.

Etwas bewegte sich über den Baumwipfeln auf den Hügeln der Insel, dunkle Schatten, die Molly im ersten Moment nur für Fetzen von Gewitterwolken hielt. Als sie jedoch näher kamen, konnte sie einzelne fliegende Gestalten ausmachen: Sie waren deutlich zu groß für Fledermäuse oder Vögel. Einen Augenblick später bedeckten sie den ganzen Himmel, steinerne Kreaturen mit Klauen und Flügeln und Fangzähnen und grotesk verzerrten Gesichtern, einige vogelähnlich, andere reptilienartig, wieder andere beinahe menschlich. Sie kreisten über ihnen und stürzten herab, so dass Miss Badcrumble sich mit einem ängstlichen Quieken duckte und die knochigen Hände über dem Kopf zusammenschlug.

»Die kenne ich«, rief Arthur begeistert aus, »das sind die Wasserspeier vom Schloss!«

Plötzlich war die Dunkelheit von Kreischen und Krächzen erfüllt. Sie klangen wie heisere Möwen oder wie Krähen mit besonders hohen Stimmen, da war Molly sich nicht ganz sicher. Staunend beobachtete sie, wie der große Schwarm sie umkreiste und die Luft zum Wirbeln brachte, bevor sich einer nach dem anderen niederließ und die Flügel faltete. Einer landete auf dem kaputten Dach von Charleys Häuschen, ein anderer auf ihrem Zaun. Zwei landeten auf der Kaimauer, an der sie sich mit ihren großen Klauen festkrallten, während sie mit den Flügeln den Aufprall abfingen. Sie streckten und dehnten sich, schüttelten sich, sträubten sich wie große Katzen, spannten ihre Flügel auf und putzten sie. Ihre Augen strahlten groß und rund in den außergewöhnlichen Gesichtern, die so hässlich waren, dass sie beinahe schön wirkten.

Einer landete anmutig genau vor Nancy, zog die Flügel ein und hob eine Vorderklaue. Als er aus seinen violetten Augen zu ihr aufblickte, spürte Molly seine Traurigkeit. Das Wesen sah aus, als würde es Nancy um etwas bitten, etwas, das nur sie geben konnte.

Nancy beugte sich zu ihm hinunter – er reichte ihr gerade bis zum Knie – und legte ihm eine Hand auf den schuppigen Kopf, dann kraulte sie seinen Nacken und flüsterte ihm etwas zu. Noch immer schaute er unentwegt zu ihr auf und stieß leise, freudige Rufe aus, wie ein Vogel.

Das Geflatter dauerte minutenlang. Die Wasserspeier hüpften und trippelten näher, bis die ganze große Schar Nancy umringte, alle Blicke auf ihr lächelndes Gesicht geheftet, alle Köpfe ehrfürchtig zu ihr gehoben.

»So was hab ich noch nie gesehen«, wisperte Arthur.

»Das würde mich auch überraschen«, flüsterte Molly mit einem Grinsen, obwohl ihr schon wieder Tränen in die Augen stiegen. »Immerhin haben wir gerade beobachtet, wie ein Schwarm verzauberter Wasserspeier zum Leben erwacht ist.«

»Achtzehn«, zählte Arthur. »Das sind, glaube ich, alle. Auf dem Schloss stehen achtzehn Wasserspeier.«

»Neunzehn.« Nancy richtete sich auf. »Sie sind nicht ganz vollzählig. Einer fehlt.«

Arthur wechselte einen verwunderten Blick mit Molly.

»Nancy! Heißt das –«

»Würdet ihr mich jetzt zum Schloss bringen?« Aufrecht, stolz und wunderschön stand Nancy inmitten ihres anbetungsvollen Schwarms. »Bringt mich nach Hause zu Mason.«

9

Die Wanderung zurück zu den Toren von Schloss Ravenstorm war seltsam, denn der Himmel über ihnen war bedeckt von fliegenden Wasserspeiern, die Luft erfüllt vom Schlagen ihrer schweren Flügel. Zwischen den dahineilenden Wolken glänzte das Mondlicht auf ihren schuppigen Rücken, und die scharfen Krallen funkelten majestätisch. Molly konnte nicht anders, als immer wieder staunend zu ihnen hinaufzuschauen.

Sollte es von jetzt an mit der Magie vorbei sein, dachte sie, dann habe ich zumindest einmal einen Schwarm Wasserspeier gesehen. Etwas Prächtigeres kann es gar nicht geben …

»Wie werden die Dorfbewohner bei ihrem Anblick reagieren?«, flüsterte sie Arthur besorgt zu, aber Miss Badcrumble ging direkt hinter ihnen und konnte sie gleich beruhigen.

»Keine Sorge, meine Lieben. Sie sind wie Geister. Ihr seht sie nur wegen eurer Talismane. Wenn irgendjemand anders hier entlangkommt, spürt er nur einen kalten Windstoß. Und womöglich ein leichtes Frösteln, wenn eine Flügelspitze seine Wange streift.«

Arthur knuffte Molly. »Das ist mir ganz sicher schon öfter

passiert, auch auf dem Festland«, flüsterte er. »Vielleicht gibt es ja doch nicht nur auf Ravenstorm Magie.«

Mittlerweile war es nicht mehr finsterste Nacht. Am Horizont glomm bereits der erste perlweiße Schimmer der Morgendämmerung, und hinter der letzten Biegung des Weges kam Schloss Ravenstorm in Sicht. Das riesige Eingangstor erhob sich eindrucksvoll gegen den schwarzblauen Himmel. Hinter den schmiedeeisernen Toren zeichnete sich ein Schatten ab – der Schatten einer großen Gestalt mit breiten, kantigen Schultern. Molly wurde langsamer und zog nervös an ihren Rucksackriemen. Kurz dachte sie, Mason wolle sie für ihren erneuten Mitternachtsausflug ausschimpfen, aber sie machte sich ganz umsonst Sorgen. Als sie näher kamen, konnte sie seine Miene erkennen: Das ansonsten so strenge Gesicht des alten Butlers war voll Staunen, und er schaute gar nicht sie und Arthur an, sondern Nancy. Die schöne rothaarige Wasserspeierin blieb stehen, als er langsam und unsicher vortrat und die Torstangen umfasste.

»Nancy?« Seine raue Stimme zitterte. »Nancy. Bist du es wirklich?«

Molly zupfte Arthur am Ärmel, und sie fielen ein paar Schritte zurück. Mason wirkte noch erschütterter als beim Anblick des Kompasses. Seine gräuliche Haut war so blass wie nie, und Molly meinte sogar, Tränen in seinen Augen glänzen zu sehen.

»Ich glaube, die beiden haben sich einmal geliebt«, wisperte sie.

Arthur antwortete flüsternd: »Ich glaube, das tun sie immer noch.«

Nancy trat schweigend näher an das Tor und musterte Mason durch die Stäbe. Ihre Hände zitterten leicht, und um das zu verbergen, presste die Wasserspeierin sie fest an ihren Körper.

»Nancy«, flüsterte Mason. »Du bist es wirklich. Ich habe gewusst, dass du zurückkommst. In dem Moment, als die Wasserspeier zum Leben erwacht sind ...«

Er schaute zum Himmel, wo sie immer noch kreisten und spitze Freudenschreie ausstießen. Molly sah, wie der alte Butler tief Luft holte und seufzte. Dann blickte er wieder Nancy an. Jetzt waren seine Augen voll Reue.

»Nancy. Es tut mir so leid. Ich hätte nie zulassen dürfen, dass sie ...«

»Pssst.« Nancy legte ihre Hände auf seine. »Mehr muss ich nicht hören.«

»Ich hätte einen anderen Weg finden können. Ich hätte sie davon abhalten müssen, dich Sharksbane auszuliefern. Ich hätte sie mit meinen bloßen Händen bekämpfen sollen, Nancy. In meinem ganzen Leben habe ich nie etwas so sehr –«

Nancy brachte ihn zum Schweigen, indem sie sich vorbeugte und sanft seine Lippen küsste. Als sie sich von ihm löste, lächelte sie und drückte seine Hände. »Ich meine es ernst, Mason. Du musst nichts erklären.«

Der alte Wasserspeier blinzelte. Molly bemerkte, wie Arthur sich neben ihr etwas aus den Augen wischte.

»Ehrlich, Molly, bei den beiden werde ich ganz sentimental«, flüsterte er.

»Da bist du nicht der Einzige«, antwortete Molly grinsend. Hinter Arthur schniefte Miss Badcrumble hörbar in ihren Ärmel.

Mason wollte nach dem Riegel des Tores greifen, aber Nancy hielt seine Hand fest. »Das ist nicht nötig«, sagte sie lächelnd. Sie schloss die Augen und legte den Kopf in den Nacken.

Obwohl es beinahe windstill war, erfasste eine Böe ihr Haar, und ihre Finger über Masons Händen wurden länger. Die glänzenden Nägel krümmten sich zu Krallen, und ihre Haut sah aus wie von einer Eisschicht überzogen, bis Molly erkannte, dass Nancy sich nur zu grauem Stein verhärtete.

Auch Masons Finger verwandelten sich in Klauen, die unter Nancys Händen erstaunlich sanft wirkten. Seine Haut wurde dunkel und schuppig, und gleichzeitig mit den fledermausartigen Flügeln wuchs ihm ein kraftvoller geschuppter Schwanz. Als er sich zu seiner vollen Länge ausgedehnt hatte, ließ Mason ihn triumphierend vor und zurück peitschen.

Nancys schwarze Flügel wurden noch gewaltiger als auf dem Schiff, und sie spannte und streckte sie wie ein Racheengel. Auch nach ihrer Verwandlung waren Nancy und Mason deutlich größer als die anderen Wasserspeier und so viel menschlicher als sie. Zusammen verdeckten ihre Flügel sogar kurzzeitig den Himmel.

Gebannt beobachteten Molly und Arthur die Verwandlung. »Nancy sieht jetzt ganz anders aus«, flüsterte Arthur. »Als hätte sie auf der Medusa nur einen Teil ihrer wahren Gestalt gezeigt.«

»Ich glaube, eigentlich sieht sie genauso aus wie jetzt«, wisperte Molly. »Sie ist wunderschön.«

»Mason auch, auf eine unheimliche Art und Weise.«

Das sind sie wirklich, dachte Molly, wunderschön und angsteinflößend. Was für ein erhabener Anblick!

Zu ihrer vollen Größe aufgerichtet, schlugen Nancy und Mason ihre Krallen in die Erde und kerbten tiefe Furchen in die Einfahrt. Brüllend bäumte Mason sich auf, und plötzlich war er in der Luft und stieg himmelwärts – gemeinsam mit Nancy. Ihr Freudenschrei ging den Kindern durch Mark und Bein.

»Mason kann das Gelände verlassen«, rief Arthur mit leuchtenden Augen. »Nancy hat den Fluch also wirklich aufgehoben.«

Und tatsächlich kreisten die beiden riesigen Wasserspeier nun über ihnen, außerhalb der Grenzen von Schloss Ravenstorm. Die kleineren Wasserspeier schlossen sich ihnen an und wimmelten und schwärmten um die beiden Wiedervereinten herum. Der Himmel war erfüllt von ihrem heiseren Kreischen. Mit einem eleganten Bogen landete Mason schließlich vor den staunenden Kindern und Miss Badcrumble. Er betrachtete erst seinen rechten, dann seinen linken Flügel und lächelte. Sein strenges Gesicht war jetzt völlig verwandelt.

»Nun können wir unser Zuhause wieder beschützen, wie Lord Trevarren es vorgesehen hat. Einst waren wir seine treuen Diener, bis ein Teil des alten Schlosses einstürzte und wir unter den Trümmern begraben wurden. Er rettete uns das Leben, indem er uns in die Geschöpfe verwandelte, die ihr vor euch seht«, sagte Mason feierlich. »Und in unserer Dankbarkeit schworen wir, Ravenstorm auf ewig zu verteidigen.« Die Stimme des alten Wasserspeiers hallte durch die Nacht, während Nancy anmutig neben ihm landete.

Molly grinste Arthur an. Deswegen sahen die beiden also so wunderschön und so unheimlich anders aus als die anderen Wasserspeier – sie waren einmal Menschen gewesen!

»Das haben wir alles euch beiden zu verdanken, Molly, Master Arthur. Ihr habt Nancy befreit, und sie hat uns befreit.« Mason breitete die Arme aus und rief die anderen Wasserspeier zu sich. Mit rauschenden Flügelschlägen kamen diese angeflogen und sammelten sich über ihm. Ein Wirbeln und Tosen erfüllte die Luft, und Molly spürte den Wind auf ihren Wangen und in ihrem Haar.

Mason erhob die Stimme, um seine Gefährten anzusprechen: »Es ist an der Zeit zu kämpfen, meine Freunde. Es ist an der Zeit, Ravenstorm erneut von Sharksbane zu befreien. Wer von euch steht an meiner Seite?«

Ein einhelliges Kreischen und Heulen erklang, dann legte Nancy ihre Klauenhände in die von Mason und lächelte ihn liebevoll an. Gemeinsam schossen sie wieder in die Luft.

»Hey, wartet mal!«

Als die beiden Arthurs Stimme hörten, hielten sie an und schauten zurück nach unten.

»Master Arthur?«

»Glaubt ja nicht, dass ihr einfach so ohne uns losziehen könnt!«, rief dieser. »Stimmt's, Molly?«

»Richtig!«, rief Molly. »Wir kommen mit!«

»Genau wie ich!« Ihre Kühnheit trieb Miss Badcrumble die Röte ins Gesicht, und ihre Augen leuchteten aufgeregt.

»Master Arthur, ich weiß nicht, ob Ihre Eltern –«

Arthur warf dem alten Wasserspeier einen finsteren Blick zu und stemmte die Hände in die Seiten. »Mason, wir sind ganz allein an Bord der Medusa geklettert und haben Nancy gerettet!«

»Genau«, sagte Molly. »Also bleiben wir bestimmt nicht hier zurück, wenn es interessant wird.«

Lächelnd sank Mason wieder zu Boden. »Nun gut. Ihr habt es euch wahrscheinlich verdient«, sagte er feierlich.

»Das haben sie ganz sicher.« Nancy landete elegant neben Arthur und reichte ihm die Krallen, damit er auf ihren Rücken steigen konnte.

Molly griff nach Masons Klaue und ließ sich auf dessen schuppigen Rücken ziehen, dann drehte sie sich um und half Miss Badcrumble hinauf. Die Arme der alten Flink umfassten ihre Taille.

»Oh, Molly, Liebes, das alles ist schrecklich aufregend, und vielleicht ist es doch keine so gute Ideee –«

Miss Badcrumbles erschrockenes Quieken verstummte,

als Mason abhob und mit seiner Last hinaus in die Dunkelheit schoss. Die alte Frau vergrub ihr Gesicht an Mollys Schultern und hielt sich fest, so gut sie konnte.

Molly keuchte, weil sie kaum noch Luft bekam. Der Nachtwind rauschte in ihren Ohren, und ihr Kopf dröhnte vom Lärm der schlagenden Wasserspeierflügel um sie herum. Nicht weit von ihr klammerte Arthur sich an Nancy, als fürchte er um sein Leben, aber auf seinem Gesicht klebte ein breites Grinsen.

»Da, Molly, sieh nur!«

Nicht nach unten sehen – das hieß es doch immer in solchen Fällen, oder? Molly traute sich trotzdem – und war hingerissen. Die Bäume rund um das Schloss mit ihren spitzen Wipfeln, die in silbernes Mondlicht getaucht waren, sahen von hier oben winzig aus, und das Schloss mit seinen Türmchen wirkte aus der Vogelperspektive wie aus einem Märchen. Als Molly den Kopf drehte, konnte sie die ganze Insel überblicken, die dunkle Küste, gesäumt von schäumenden Wellen, und das Meer, das sich in alle Richtungen schier endlos auszudehnen schien. Ihr Herz klopfte wild vor Begeisterung, selbst als sie die ersten kalten Regentropfen spürte.

Während sie weiter durch die Nacht sausten, wurde der Regen immer stärker. Schon bald peitschte er Molly erbarmungslos ins Gesicht, und der Sturm heulte um sie herum, doch das alles war ihr egal. Weil sie Arthurs Jubelschreie nicht mehr hören konnte, stieß sie selbst ein glückliches Jauchzen aus, das jedoch gleich vom Wind verschluckt wurde. Miss Badcrumble klammerte sich noch immer mit aller Kraft an sie, hatte aber mittlerweile den Kopf zur Seite gedreht und betrachtete ehrfürchtig die Insel, die sich unter ihnen erstreckte.

»Juhuuu«, rief die alte Dame begeistert, »ich wollte schon immer wissen, wie es sich anfühlt, zu fliegen wie die anderen Finsterflinks!«

Masons Befehle schallten durch den Sturm und übertönten Miss Badcrumble. »Sucht Sharksbane und seine Mannschaft!«, rief er mit mächtiger Stimme. »Bruder Steinschnabel, du übernimmst die Küste. Schwester Kieselrücken, du den Süden der Insel. Schwester Granitklaue, du den Norden!«

Seine Leute gehorchten Mason aufs Wort. Sofort bildeten sie kleine Gruppen und stoben in alle vier Himmelsrichtungen davon, um die Insel zu durchkämmen. Mollys Herz klopfte so schnell, wie die Wasserspeier flogen. Welches Unheil richteten Sharksbane und seine Bande wohl gerade an?

Eine kleine Ewigkeit lang – so kam es Molly zumindest vor – flogen die steinernen Wesen hin und her und suchten Ravenstorm ab. Zwischendurch kehrten einzelne Abgesandte mit Neuigkeiten zurück, die sie Mason eilig zukreischten, um dann sofort wieder abzudrehen und weiterzusuchen.

Schließlich kam ein schwarzgefiederter Wasserspeier mit einem schiefen Rabenschnabel zu Mason geflattert. Seine

Rufe klangen bedeutungsvoll. Mason verstand die Botschaft als Erster. Er schlug aufgeregt mit seinen großen Flügeln und drehte den Kopf zu Molly um. »Wir haben sie!«, rief er. Dann wandte er sich den anderen Wasserspeiern zu, die sich wieder um ihn gesammelt hatten: »Sharksbane ist in Crowsnest, auf der Hauptstraße. Mir nach!«

Molly spürte den Wind über ihr Gesicht fegen, als Mason allen voranflog, an seiner Seite Nancy mit Arthur. Kurz nachdem die Straßenlaternen von Crowsnest in Sicht gekommen waren, die sich wie ein zartes, glitzerndes Halsband um die Bucht schmiegten, stieß Miss Badcrumble einen Schrei aus und deutete über Mollys Schulter nach unten.

»O nein! Sie verwüsten schon wieder mein schönes Museum!«

Und tatsächlich konnte Molly eine Horde Piraten auf Miss Badcrumbles Grundstück ausmachen, die Fenster einwarfen und Ziegel vom Dach rissen. Ein Pirat schwang einen Ast über dem Kopf und wollte ihn gerade gegen die Tür schmettern, doch als er hochschaute und sah, wer da über ihm war, schrie er entsetzt auf.

Mason stieg noch höher. Molly schnappte nach Luft und krallte sich erschrocken an seinem Rücken fest, als der Wasserspeier plötzlich zum Sturzflug ansetzte und wie ein Falke nach unten schoss – dicht gefolgt von seinen Kameraden. Während sich Miss Badcrumbles Arme noch enger um sie schlossen, blitzten Säbel und Entermesser auf, und Molly erkannte die unverwechselbare Gestalt von Edward

Sharksbane, der in den Himmel deutete und wutentbrannt schrie:

»Wir werden angegriffen! Auf in den Kampf, Kameraden!«

Die Piraten zogen ihre Klingen und begrüßten die Angreifer mit Kampfgeheul. Mason hielt direkt auf Sharksbane zu, schlug jedoch im letzten Moment einen Haken und flog so knapp an dem Piratenkapitän vorbei, dass er ihn am Ohr streifte.

Edward Sharksbane brüllte: »Da ist die alte Vettel! Bei den Gebeinen meines Großvaters, die wird uns noch verraten, wo der Kompass ist! Hörst du mich, Weib? Wenn nötig, reiße ich dieses Haus bis auf die Grundmauern nieder!«

Mason starrte ihn finster an, erwiderte aber nichts, doch Arthur konnte sich nicht beherrschen und schrie von Nancys Rücken: »Dein Kompass ist nicht das Einzige, was du verloren hast, du diebische Narbenfratze!«

Knurrend warf Sharksbane sich herum und erblickte Nancy.

»Du!«

»Genau! Deine Galionsfigur ist weg«, rief Arthur, als Nancy auf den Kapitän zuschoss und ihm mit dem Flügel quer übers Gesicht hieb.

Sharksbane erblasste und schlug, rasend vor Wut, mit seinem Entermesser nach der Wasserspeierin.

»Sie ist entkommen! Die rothaarige Hexe ist entkommen! Tötet sie! Tötet sie alle!«, brüllte er, außer sich vor Zorn.

»Versucht es doch …«, rief Nancy grimmig und setzte erneut zum Sturzflug an.

»… wenn ihr euch traut«, johlte Arthur höhnisch.

Auch Mason stürzte wieder nach unten, und plötzlich brach um Molly herum der Kampf aus, während über ihr die Blitze zuckten. Taub von den gellenden Schreien und klirrenden Säbeln und Klauen und halbblind vom Regen klammerte sie sich an Masons Rücken. Die kleineren Wasserspeier kämpften jetzt mitten in der Piratenmeute, kratzten und bissen und wichen geschickt den scharfen Klingen aus, die durch die Luft sirrten.

Molly keuchte erschrocken auf, als ein dicker schwarzbärtiger Seeräuber mit seinem schweren Stock einen Wasserspeier an der Flanke erwischte. Der taumelte benommen gegen eine Mauer, und während der Pirat siegessicher auf ihn zustürmte, stieß Molly einen Warnschrei aus. Doch schon wich der geschwächte Wasserspeier dem zweiten, tödlichen Schlag behände aus und schoss mit einem geschickten Schlenker und neuer Kraft wieder himmelwärts – und das so schnell, dass der verdatterte Pirat ihm nur noch einen saftigen Fluch hinterherbrüllen konnte. Offensichtlich waren die Wasserspeier, so plump und schwerfällig sie auch wirkten, in der Luft unglaublich wendig.

Hör auf, dich zu sorgen, und lass sie einfach machen!, schalt Molly sich selbst. Außerdem musste sie sich voll darauf konzentrieren, sich vor den Säbeln wegzuducken, während Mason mitten im Kampfgetümmel mit den Klauen um sich hieb. Ein Schlag seines schuppigen Schwanzes traf einen der Piraten in den Bauch und warf ihn mit Macht gegen einen Baum; der Mann ging bewusstlos und von einem Blätterregen begleitet zu Boden.

Einfach nur steif auf Masons Rücken zu sitzen, ohne den Wasserspeiern im Kampf beizustehen, war Molly unmöglich – schließlich hatten sie und Arthur darauf bestanden mitzukommen! Molly biss die Zähne zusammen. Der Plünderer, der versucht hatte, Miss Badcrumbles Tür einzuschlagen, hatte seinen Ast beim Angriff der Wasserspeier fallen gelassen, und als Mason das nächste Mal knapp über der Erde flog, schnappte Molly ihn sich kurzerhand.

In unmittelbarer Nähe kämpfte ein Wasserspeier mit großen Fangzähnen gegen einen bulligen Piraten, und Molly versuchte ihr Glück. Als Mason an den beiden vorbeisauste, holte sie aus und schlug dem Piraten den Ast so hart in den Rücken, dass er der Länge nach hinknallte. Der Wasserspeier stob davon und schenkte ihr ein dankbares Kreischen, bevor er sich dem nächsten Mitglied der Piratenbande zuwandte.

Während Mason einen der Seeräuber mit einem einzigen Flügelschlag zu Boden streckte, sah Molly, wie ein anderer sich auf Arthur stürzte und ihn von Nancys Rücken zerren wollte. Nancy war mitten in einem erbitterten Ringkampf mit einer Piratin und konnte ihm nicht helfen.

»Mason«, schrie Molly panisch. »Mason, Arthur braucht Hilfe!«

Sofort schwenkte Mason herum, doch genau in diesem Moment verpasste Arthur dem Piraten einen gezielten Tritt in den Bauch, woraufhin der sich krümmte und nach Luft ringend zusammensackte. Nancy, deren Gegnerin mittlerweile reglos im Gras lag, packte Arthurs benommenen Angreifer am Fuß, wirbelte ihn durch die Luft und schleuderte ihn wie beim Hammerwurf davon.

Anerkennend rief Mason ihr zu: »Wie in alten Zeiten, Nancy!«

»So ist es, Liebster«, säuselte diese und ließ ihre Faust mit einem süßen Lächeln auf die Nase des nächsten Seeräubers krachen.

Die Piratenbande hat ihre Meister gefunden, dachte Molly mit Genugtuung. Trotzdem machte sie sich Sorgen. Es war vielleicht wie in alten Zeiten – doch so, wie Mason und Nancy redeten, schien es diese ›alten Zeiten‹ schon öfter gegeben zu haben, als gut für Ravenstorm war. Eine nette kleine Rangelei war ja ganz schön, aber wenn die Piraten jetzt nicht ein für alle Mal besiegt wurden, was sollte sie dann davon abhalten, Ravenstorm immer wieder heimzusuchen?

Und nach Nancys Flucht und dem Verlust ihres kostbaren Kompasses wären sie jetzt bestimmt noch viel rachsüchtiger als vorher …

Hinter ihr seufzte Miss Badcrumble genervt, und Molly drehte gerade noch rechtzeitig den Kopf, um zu sehen, wie sie einen Arm in Richtung der drei Männer streckte, die an den Fensterläden des Museums zerrten. Ein rosafarbener

Lichtblitz kam knisternd aus den Krallenspitzen der alten Frau und schoss wie Seefeuer in den Efeu, das an der Wand ihres Hauses wuchs. Helle Flammen leckten an der Pflanze, die sich plötzlich losriss und so fest um die Piraten wickelte, dass die wehrlos in den Ranken hingen.

»Weiter so, Miss Badcrumble«, rief Molly, während die wütenden Plünderer vergeblich versuchten, sich zu befreien. Die Efeuranken sahen aus wie die Arme eines Riesenkraken, und die Piraten hatten ungefähr die gleichen Chancen, ihnen zu entkommen. Sie zappelten und fluchten und wanden sich, doch die Pflanze gab keinen Deut nach. Trotz aller Gefahr musste Molly kichern.

»Das wird ihnen eine Lehre sein, meine Fensterläden anzufassen«, sagte Miss Badcrumble energisch.

Molly runzelte die Stirn und drehte sich noch einmal zu Miss Badcrumble um. »Auf jeden Fall«, antwortete sie. »Und Sie haben mich da gerade auf etwas gebracht. Der Efeu … Sie haben ihn zum Leben erweckt. Wie stark sind Ihre Zauber?«

»Nun, sie können ziemlich stark sein«, antwortete Miss Badcrumble bescheiden. »Kein Vergleich mit den Flüchen der Königin natürlich, aber trotzdem …«

Molly beugte sich vor und zog an einem von Masons Flügeln. »Mason«, rief sie über den Kampflärm hinweg, »können Sie uns zu Charleys Haus fliegen?«

»Molly, Liebes«, fing Miss Badcrumble an, »meinst du wirklich, das ist der richtige Zeitpunkt, um –«

Mason warf erst noch einen weiteren Angreifer zu Boden,

dann wandte er sich mit fragender Miene zu ihnen um. »Jetzt, Molly?«

»Ja … ich meine … ich habe eine Idee, Mason! Bitte … es hat mit der Medusa zu tun. Ich glaube, es könnte funktionieren. Miss Badcrumble und ich müssen zurück zu Charleys Haus.«

»Ich, Liebes?«, fragte Miss Badcrumble verdutzt.

»Ich möchte Nancy in dieser Situation ungern allein lassen«, sagte Mason. »Und die anderen auch nicht.« Skeptisch stieg er höher und beobachtete den Kampf aus der Luft. Im Augenblick hatten die Wasserspeier die Oberhand, doch die Piraten wehrten sich mit aller Kraft.

»Glauben Sie, Nancy und Arthur könnten die Piraten zurück zu ihrem Schiff treiben?«, fragte Molly. »Wenn sie das schaffen würden, dann …«

»Noch sind wir ihnen überlegen«, sagte Mason mit einem Nicken. »Aber ich bin mir nicht sicher, wie lange das so bleibt. Edward Sharksbane darf man nicht unterschätzen.«

»Nancy aber auch nicht«, erwiderte Molly nachdrücklich.

»In der Tat.« Mason lachte. »Nancy, Liebste!«, rief er.

Als die rothaarige Wasserspeierin angeschossen kam, streckte er einen Flügel aus und berührte zärtlich den ihren. »Kannst du die Piraten in Schach halten, Nancy, so wie ich es einst für dich getan habe?«

Und Molly fügte hinzu: »Aber anstatt sie nur aufzuhalten, könntest du sie dieses Mal vielleicht zurück auf ihr Schiff treiben?«

Nancy hob erstaunt die Augenbrauen, dann breitete sich ein Lächeln über ihr Gesicht. »Wenn du mich darum bittest, Molly … Ich vertraue dir, Mädchen. Dann sei es so!« Und mit einem siegessicheren Kreischen stürzte sie sich zurück ins Kampfgetümmel, direkt auf Black Edward zu.

»Ach du liebe Zeit«, sprudelte es aus Miss Badcrumble heraus. »Wird sie … Werden sie … Werden wir …?«

»Ich weiß, dass Nancy es schaffen wird«, sagte Mason, »aber was genau ist dein Plan, Molly? Der Kampf gegen die Geisterpiraten hat für uns schon einmal ein böses Ende genommen!«

»Das erkläre ich auf dem Weg. Dieses Mal wird die Sache anders enden. Wenn mein Plan aufgeht, Mason, werden die Geisterpiraten nie wieder nach Ravenstorm kommen«, versprach Molly siegesgewiss.

Mason lächelte sie über seine schuppige Schulter hinweg an. »Dann ist es einen Versuch wert, junge Dame. Auf zu Charleys Haus!«

10

Hinter ihnen verhallte das Kampfgetöse, als sie Charleys Haus erreichten. Mason flog einen weiten Bogen und landete auf dem Rasen, wo seine Klauen Furchen in die Erde schlugen. Molly sprang von seinem Rücken und rannte durch den kalten Nieselregen zu dem Schutthaufen hinüber, den die Plünderer nach ihrem Zerstörungswerk auf Charleys Grundstück hinterlassen hatten. Ihre Beine fühlten sich wackelig an nach der wilden Achterbahnfahrt durch den Himmel, aber sie gewöhnte sich schnell wieder an den festen Boden unter ihren Füßen.

Mason half Miss Badcrumble beim Absteigen. Die alte Flink stützte sich schwer auf seine schuppige Klaue, bevor sie mit einem kleinen Aufschrei herunterrutschte. Sie landete wenig grazil auf dem Allerwertesten, stöhnte kurz auf und rang um Fassung. Dann rappelte sie sich schnell auf, klopfte ihren Rock ab und strich sich das krause Haar aus dem Gesicht, bis sie ihre Würde so weit wiederhergestellt hatte, dass sie zu Molly wanken konnte. Mason hielt derweil um sich schauend Wache.

»Er muss hier irgendwo sein«, murmelte Molly und wühlte sich durch Schieferstücke, Backsteinbrocken und durchweichte Holzsplitter. Verzweifelt wischte sie sich den Regen aus den Augen.

»Wonach suchst du denn, Liebes?« Miss Badcrumble spähte ihr neugierig über die Schulter. »Kann ich helfen?«

»Nein, ich … ah!« Molly lächelte triumphierend, als sie den alten Tintenfischtürklopfer hervorzog. »Du meine Güte!« Miss Badcrumble beäugte verwundert ihren Fund. »Was für ein … äh, ausgefallenes … äh, Ding!«

»Aber nützlich, hoffe ich.« Molly rieb Ziegelstaub von den Armen des Türklopfers und kaute nachdenklich auf ihrer Unterlippe. »Ihr Trick mit dem Efeu hat mich darauf gebracht, Miss Badcrumble. Wie Sie es zum Leben erweckt haben. Würde das möglicherweise auch hiermit funktionieren?«

»Herrjemine.« Miss Badcrumble starrte auf den Tintenfisch. »Ja, das würde es, aber ich glaube … ich meine, er ist außerordentlich klein, und ich … weiß nicht … ich weiß wirklich nicht, wie uns das helfen sollte.«

»Na, zuerst müssen wir ihn größer bekommen.« Nervös, weil sie so viel Zeit verschwendeten, breitete Molly die Arme aus. »Ungefähr so groß wie Nancy.«

Als die alte Flink endlich begriff, hellte sich ihr Gesicht auf, als hätte jemand eine Glühbirne angeknipst.

»Ah! Ich verstehe, ich verstehe!« Miss Badcrumbles Augen glänzten, und ihr Lächeln war so verschlagen wie das einer echten Finsterflink. »So groß wie Nancy – oder wie die scheußliche alte Gorgo, was? Ich glaube, ich weiß genau, was du vorhast.«

Molly nahm ihren Rucksack, öffnete die Schnallen und kramte darin herum. »Würde das hier helfen? Es hat magische Kräfte.« Sie holte Edward Sharksbanes kostbaren Kompass heraus.

Doch Miss Badcrumble schüttelte den Kopf. »Dieses grässliche Ding kannst du gleich wieder einstecken, Liebes. Ich habe meine eigenen Zauberkräfte, und die sind um einiges stärker als Sharksbanes Spielzeug. Geh einen Schritt zurück. Es ist sicherer, wenn du ein bisschen Abstand hältst.«

Schnell wich Molly zurück an Masons Seite, und der Wasserspeier legte schützend einen Flügel um sie. Fasziniert beobachteten sie, wie Miss Badcrumble den Türklopfer fest umklammerte und einen Sprechgesang zu murmeln begann.

Ihre Stimme war eigenartig tief und melodisch, und plötzlich begann der Tintenfisch zu glühen. Lichtstrahlen wirbelten um ihn herum und wurden immer dichter, bis ein bunter Nebelstrudel daraus geworden war. Der heulende Sturm hätte ebenso gut gar nicht da sein können, so wenig beeinflusste er den Zauber.

Molly hielt den Atem an. Die schillernde Lichtwolke dehnte sich aus, während Miss Badcrumble sang; bald war sie so groß wie ein kleiner Mensch, und sie wuchs immer weiter. Ein Windstoß, der von der Wolke selbst ausging, riss den Türklopfer aus der Hand der alten Flink, aber er fiel nicht zu Boden, wie Molly erwartet hatte, sondern blieb in der Luft und drehte sich anmutig inmitten des Strudels.

Als die Wolke so groß war wie sie selbst, schnaufte Miss Badcrumble leise und verstummte dann. Der schwebende Nebel wirbelte weiter, wurde aber zusehends langsamer und fester, während er sanft zu Boden sank. Ein dumpfer Schlag war zu hören, als er aufsetzte.

Der Nieselregen wurde stärker, die Wolke löste sich auf, und die Farben verblassten. Und dort, wo vorher ein Türklopfer gewesen war, der leicht in Mollys Hand gepasst hatte, stand jetzt ein riesiger Tintenfisch, viel größer als ein Mensch.

»Sie sind super, Miss Badcrumble«, rief Molly.

»Oh, vielen Dank, Liebes. Ich bin nur noch ein wenig außer Atem, aber das geht gleich wieder vorbei.« Die alte Frau presste sich die Hände auf die Brust. »Das sollte für deine Zwecke genügen, oder?«

»Sehr beeindruckend«, kommentierte Mason trocken. »Aber ich verstehe immer noch nicht, was Molly überhaupt damit bezweckt.«

»Wir müssen ihn auf das Schiff kriegen.« Molly griff nach einem Tentakel und versuchte, ihn probeweise anzuheben. »Können Sie ihn tragen, Mason?«

»Natürlich.« Der alte Wasserspeier packte den Tintenfisch geschickt mit seinen großen Klauen. »Jetzt müssen wir aber dringend los. Nancy und die anderen müssten noch damit beschäftigt sein, die Piraten zu ihrem Schiff zurückzutreiben. Sie werden unsere Hilfe brauchen, ob dein Plan nun funktioniert oder nicht. Steigt auf, ihr beiden!«

Molly verschränkte die Hände und stemmte Miss Badcrumble auf Masons Rücken. Danach zog die alte Flink Molly hinauf. Kaum hatten sie es sich zwischen den kantigen Schulterblättern bequem gemacht, schwang Mason sich wieder in die sturmgepeitschten Lüfte. Mühelos trug er auch noch das Gewicht des Tintenfischs, während er mit kräftigen Flügelschlägen auf das offene Meer zuflog.

Dieses Mal blieb Molly keine Zeit, die außergewöhnliche Aussicht oder das Schimmern des Mondes auf dem schwarzen Wasser zu bestaunen. Ihr Magen drehte sich um, als Mason in den Sturzflug überging und der Bug der Medusa vor ihnen erschien, unheilvoll und bedrohlich und seltsam nackt ohne seine Galionsfigur.

»Da ist es!«, rief Molly.

Sie schossen auf das Piratenschiff zu. Den Tintenfisch fest in einer Klaue, streckte Mason seine anderen drei Füße aus und griff mit den Krallen nach dem aufragenden Bugspriet. Er taumelte beim Bremsen, und Molly spürte, wie sie nach vorne geworfen wurde. Miss Badcrumble hinter ihr rutschte unsanft zur Seite und schrie vor Schreck auf.

Molly fasste nach hinten und erwischte gerade noch den Arm der alten Flink. Sie musste all ihre Kraft aufbringen, um sich selbst und Miss Badcrumble festzuhalten und zurück auf Masons Rücken zu ziehen. Ein paar schreckliche Sekunden lang dachte Molly, sie würden alle drei in die dunklen, sturmgepeitschten Wellen stürzen. Doch Mason richtete sich mit ein paar Flügelschlägen wieder auf.

»Da sind wir, Molly!« Beim Anblick des leeren Bugs, an den Nancy so lange gekettet gewesen war, funkelten Masons Augen düster. Er spannte einen Flügel auf, damit Molly hinüberklettern konnte. »Schnell!«

Mit zusammengebissenen Zähnen packte Molly Masons Flügel und begann, sich vorsichtig zum Bug zu hangeln. Damit sie nicht abrutschte, musste sie ihre Finger so fest wie möglich in seine Federn graben und hoffen, dass sie ihm damit nicht allzu weh tat. Das Meer unter ihr schäumte wild, schlug mit Macht gegen den Schiffsrumpf und zerbarst in weiße Gischt. Der Regen hatte noch einmal zugenommen und peitschte Molly ins Gesicht, bis sie kaum noch etwas sah.

Als sie endlich den zersplitterten Vorsteven erreicht hatte, streckte sie einen Arm nach hinten. Mason verlagerte das Gewicht auf seine beiden Hinterbeine und beugte sich nach vorn – Miss Badcrumble auf seinem Rücken kreischte und presste sich die Hände vor die Augen –, und zusammen brachten sie den riesigen Tintenfisch in Position.

Molly spürte, wie ihre Hände von dem nassen Holz abglitten, während sie blind nach genau den Ketten tastete, von denen sie Nancy erst vor ein paar Stunden befreit hatte. Ein wilder Krach ertönte von der Küste her, und durch den Donner, den brausenden Regen und den tosenden Wind hörte Molly die kämpfenden Piraten und Wasserspeier. Das bedeutete nur eins: Sie waren schon in unmittelbarer Nähe! Jetzt war sie an der Reihe …

Bitte lass es funktionieren!, betete Molly.

Die Ketten schwangen hin und her und schlugen ihr gegen die Arme, doch sie biss die Zähne zusammen, hielt sich fest und wickelte die Kettenglieder, so gut es ging, um die verschlungenen Arme des Tintenfischs. Das Ergebnis war zwar nicht perfekt, aber sie hatte ihrem Vater oft genug bei seinen Entfesselungstricks geholfen, um zu wissen, wie man eine Kette befestigt. Mit einem kräftigen Ruck zog sie die eisernen Glieder um die noch freien Arme des Tintenfischs und drückte das letzte Vorhängeschloss zu.

Plötzlich schlitterten ihre Füße über die feuchten Planken, und die Welt drehte sich. Sie schrie auf, als sie spürte, wie sie abrutschte – dann packte sie irgendetwas an der Hüfte.

»Mason«, japste sie. »Danke!«

»Die Galionsfigur hält, Molly«, rief der alte Wasserspeier. »Lass uns schleunigst verschwinden!«

Molly nickte, kletterte gehorsam sein schuppiges Bein hinauf und griff nach seinem Flügel. Gefährlich weit vorgebeugt, streckte Miss Badcrumble ihr die Hand entgegen und half ihr hoch. Molly saß noch nicht einmal richtig, als Mason bereits abhob. Er kam kurz ins Schwanken, bevor er sein Gleichgewicht wiederfand und sicher Richtung Himmel stieg. Der Regen war jetzt so stark, dass Mollys Gesicht von den hart niederprasselnden Tropfen brannte, als sie blinzelnd zur Medusa zurückblickte.

Eine blasse, schaurige Horde rannte über die Wellen auf das Schiff zu, verfolgt von den Wasserspeiern. Direkt hinter den Plünderern war Nancy, die wutentbrannt brüllte und mit den Klauen nach den Fliehenden hieb. Auf ihrem Rücken saß Arthur und schwang einen zerbrochenen Dachbalken.

Black Edward Sharksbane reckte den rechten Arm in Richtung Geisterschiff und gestikulierte wild. Vermutlich befahl er seinen Leuten, mehr Waffen zu holen, dachte Molly. Sofort begannen die Geisterpiraten, den Rumpf des Schiffs hinaufzuklettern. Sie sprangen über die Reling und erklommen mit den Säbeln zwischen den Zähnen die Takelage, um die herbeifliegenden Gegner zu bekämpfen. Einer der Wasserspeier schrie vor Wut und Schmerz, als die Spitze eines Entermessers die gespannte Haut seines Flügels durchdrang.

Nun deutete Sharksbane auf die Kanonen, überquerte mit großen Schritten die Decks und zerrte Kisten aus ihren Verstecken. Molly hatte richtig vermutet: Sie enthielten Waffen und Munition.

Anker lichten!, befahl Black Edward Sharksbane in Zeichensprache. Beidrehen!

Molly hielt den Atem an. Sie wollten mit der Medusa selbst angreifen und sie als riesigen Rammbock benutzen! Von ihrem Beobachtungsposten hoch über dem Schiff konnte Molly sehen, wie die Medusa in den Wellen stampfte. Die Piraten bereiteten sich ganz offensichtlich darauf vor, auf die Wasserspeier zu schießen. Mit einem Schlenker wich Mason dem schwankenden Großmast aus, und auch Molly warf sicherheitshalber den Kopf zur Seite, als sie spürte, wie Miss Badcrumbles Arme sich enger um ihre Taille schlossen.

»Jetzt!«, schrie sie. »Miss Badcrumble, der Tintenfisch! Machen Sie ihn lebendig!«

»Oh! Herrjemine, ja!«

Molly wagte nicht, sich noch einmal umzudrehen, aber sie sah die rosafarbenen Blitze aus den Krallenspitzen der alten Flink schießen. Sie zerteilten die Nacht, zerbarsten und umhüllten den Tintenfisch mit hellen Flammen.

Molly hielt den Atem an, als die Piraten unter ihnen plötzlich stehen blieben und verwirrt nach oben schauten.

»Komm schon, bitte beweg dich«, flüsterte sie.

Eine kleine Ewigkeit lang rührte der Tintenfisch sich nicht. Die Piraten amüsierten sich köstlich. Sie hüpften auf und nieder und stießen sich mit zurückgeworfenen Köpfen in die Seiten.

Doch ihre Schadenfreude sollte nicht lange währen: Ein Tentakel des Tintenfischs zuckte und entrollte sich. Ein riesiges schwarzes Auge blinzelte, und das magische Feuer spiegelte sich darin. Das große Maul öffnete sich, ein zweiter Saugnapfarm krümmte sich für alle sichtbar und berührte versuchsweise den hölzernen Rumpf des Schiffs. Dann, erschreckend schnell, schlug der Kalmar mit all seinen zehn Armen aus und ließ die beiden längsten mit voller Wucht gegen die Seiten der Medusa krachen.

Ein Donnern von Holz und Eisen ertönte, und Black Edward, der auf dem Vordeck stand, wurde zur Seite geworfen, als die Medusa schlingerte.

Er schrie auf, während er sich mühsam wieder aufrichtete.

Nur noch mit den Beinen an Masons Rücken geklammert, presste Molly sich vor Schreck die Hände vor den Mund und beobachtete, wie die Medusa sich neigte. Black Edward strauchelte wieder, und ein halbes Dutzend Piraten purzelte nach steuerbord und versuchte verzweifelt, sich an Masten und Tauen und selbst an losen Kisten festzuhalten.

Wieder wand sich der Tintenfisch, und plötzlich ragte das Heck der Medusa in die Luft. Meerwasser strömte davon herab, und trotz des Regens, der ihr in die Augen rann, trotz der Haare, die ihr ins Gesicht wehten, sah Molly, wie die Arme des Tintenfischs am Bug des Schiffs sich wild rudernd in alle Richtungen streckten.

Mit einem mächtigen Zucken löste er seinen Griff um den Rumpf. Die Medusa wirbelte hilflos herum, wurde hin und her geschleudert von der angeketteten Kreatur, die in die Tiefen des Ozeans zurückwollte.

Am Ende ging alles sehr schnell. Als hätte die dunkle See ihren Schlund geöffnet, schoss die Medusa kurz nach vorne und dann direkt hinab in die Tiefe; der Bugspriet und die Galionsfigur wurden zuerst von den Wellen verschluckt.

Molly hörte ein gewaltiges Krachen, als der Rumpf auseinanderbrach. Die Geisterpiraten fielen in Richtung Vordeck, prallten zusammen, schrien und wurden einer nach dem anderen in den schwarzen Strudel hinabgesaugt. Black

Edward Sharksbane versuchte, sich zum Achterdeck zurückzukämpfen, und klammerte sich an die zerfetzten Segel. Er kletterte auf die Heckreling, schüttelte drohend seinen Säbel und schrie in blinder Wut in die Nacht hinaus.

Einen Moment lang schien die Medusa zu zögern. Dann ergab sie sich jedoch und stürzte endgültig in die Tiefe. Molly beobachtete mit klopfendem Herzen, wie die Medusa und ihr Kapitän in den Wogen verschwanden. Black Edwards Brüllen wurde zu einem Gurgeln und zerrann dann zu einer schrecklichen Stille, als das Meer dort zusammenschlug, wo einmal ein Schiff gewesen war. Die gewaltigen Wellen krachten über dem Schlund zusammen und flachten wieder ab.

Molly hatte sich so fest an Masons Flügel geklammert, dass ihre Knöchel ganz weiß und die Finger bereits taub waren. Nach Atem ringend, lockerte sie ihren Griff.

»Tut mir leid«, murmelte sie.

»Das macht doch nichts, Molly.« In Masons heiserer Stimme schwang ein Lächeln mit. Erleichtert schüttelte er seine Flügel.

»Du liebe Zeit«, hauchte Miss Badcrumble zittrig. »Ach du liebe Zeit.«

Der Sturm flaute ab. Der heftige Regen verebbte zu Bindfäden, dann zu Niesel und hörte schließlich ganz auf, und der Wind wurde zu einem lauen Lüftchen. Unter ihnen besänftigte sich die wogende See, bis sie beinahe ruhig war. Die schwarzen Wolken teilten sich und lösten sich auf, und der

Mond schien so klar und hell wie der Leuchtturm der Insel Ravenstorm.

Mason betrachtete die dunkle Wasseroberfläche noch einen nachdenklichen Moment lang, bevor er sich umwandte, höher stieg und zurück zur Küste glitt. Nancy flog an seiner Seite, und der Wasserspeierschwarm folgte ihnen.

Kaum war Mason auf dem Strand gelandet, rutschte Molly von seinem Rücken. Fliegen ist phantastisch, dachte sie, aber manchmal ist fester Boden unter den Füßen auch ganz schön …

Mason hockte sich hin und bleckte die Zähne, als er die Säbelblessur an einem seiner Flügel untersuchte.

»Sie sind verletzt«, rief Molly aus.

»Nur ein kleiner Kratzer«, versicherte er ihr, »und der war es wert, Molly. Das war ein kluger Einfall von dir!«

»Allerdings.« Nancy setzte neben den beiden auf und ließ sich begeistert in den Sand sinken. »Ein verzauberter Tintenfisch. Was für eine geniale Idee!«

»Charley hat mich darauf gebracht«, erklärte Molly. »Mal sehen, ob ich mich irgendwann traue, ihr das zu verraten.«

»Ich glaube, das würde sie nicht so gut aufnehmen«, sagte Arthur trocken. Er klopfte sich den Sand von der Jeans, während er mit wackeligen Beinen zu Miss Badcrumble hinüberging und ihr von Mason herunterhalf. Die alte Flink wirkte ziemlich erschüttert, aber ihre Wangen glühten immer noch vor Erregung.

Nach und nach fanden sich die anderen Wasserspeier ein,

leckten ihre Wunden, streckten ihre Muskeln und maunzten leise.

»Ich muss Jack ein extragroßes Eis kaufen«, sagte Molly. »Er hat mich daran erinnert, dass Tintenfische in der Tiefsee leben.«

»Ah, stimmt! Als er das Bild für Charley gemalt hat.« Arthur lächelte. »Nicht schlecht, der kleine Zauberer!«

»Aber … wisst ihr was? Nun, wie soll ich sagen … Also ich meine, ich weiß ja, dass sie hier schlimm gewütet haben und alles, aber ich hoffe, es geht ihnen gut da unten.« Molly biss sich auf die Lippe, als sie aufs Meer hinausblickte.

»Das tut es sicher«, sagte Nancy. »Immerhin sind sie Geister. Black Edward tobt bestimmt vor Wut, aber es wird sie nicht umbringen. Die Medusa muss fahren, wohin ihre Galionsfigur sie führt, weil sie den Kompass nicht mehr haben. Und der Tintenfisch wird immer in die Tiefe schwimmen. Sharksbane und seine Mannschaft werden noch bis in alle Ewigkeit weitersegeln, Molly, allerdings tief unten im Meer, wo sie Ravenstorm keinen Ärger mehr machen können.«

»Jawohl!«, kam es entschieden von Miss Badcrumble. »Und ich habe nicht das kleinste bisschen Mitleid mit ihnen. Nicht nach all dem, was diese gemeinen Wüstlinge mit meinem schönen Museum angestellt haben.«

»Da fällt mir ein …« Molly nahm ihren Rucksack ab und griff hinein. »Hier, Miss Badcrumble. Ich glaube, der ist bei Ihnen am besten aufgehoben.«

Sie legte den Kompass in Miss Badcrumbles Hände. Die alte Frau starrte ihn fasziniert an.

»Ah, er ist wirklich hübsch«, flüsterte sie.

»Machen Sie ihn doch zum Hauptstück Ihrer neuen Seefahrtssammlung«, meinte Arthur, »nachdem die Piraten die letzte zerstört haben.«

»Ja. Ja, das mache ich vielleicht. Im Museum ist ziemlich viel kaputtgegangen, aber das habe ich schnell wieder repariert.«

»Nein, *wir* haben das schnell wieder repariert«, verbesserte Nancy sie. »Wir helfen Ihnen natürlich, Miss Badcrumble. Das ist das mindeste, was wir tun können, nicht wahr, Mason?«

»In der Tat.« Der alte Butler nickte feierlich.

Molly wechselte einen Blick mit Arthur und grinste. Wie sein Zwinkern verriet, war auch ihm aufgefallen, dass die Hände der beiden Wasserspeier, nachdem sie sich zurückverwandelt hatten, fest ineinander verschlungen waren.

Arthur warf sein Handy entnervt auf einen Stapel Bücher im Wohnzimmer. »Es ist so nutzlos. Ich schwöre, die Finsterflinkkönigin hat das ganze Netz mit einem Fluch belegt!«

»Würde mich, ehrlich gesagt, nicht wundern.« Molly lachte. »Ich lade meins schon gar nicht mehr auf.«

»Na ja, ist eigentlich auch egal.« Arthur schnaubte. »Ich bin zwar neugierig, was George und die Jungs ohne mich treiben, aber es ist ja nicht so, dass ich ihnen erzählen könnte, was hier auf der Insel los ist. Wo sollte ich da überhaupt anfangen? ›Ich habe meinen Cousin vor den Finsterflinks gerettet und dann meinem Butler geholfen, eine Bande Geisterpiraten zu verjagen. Und wie war's bei dir so auf dem Land, Thomas?‹«

Die Tür hinter ihnen schwang geräuschvoll auf. Molly und Arthur fuhren erschrocken herum, als sie Masons Räuspern hörten. »Besuch für euch, Master Arthur und Molly. Und besonders für dich, Jack.«

»Charley!« Jack ließ seine Buntstifte fallen, stürmte auf seine Lieblingsmeeresbiologin zu und umarmte sie so fest, dass sie lachend das große, in Geschenkpapier eingewickelte Paket in ihren Händen über dem Kopf in Sicherheit bringen musste. »Was ist da drin?«, fragte er.

»Jack!«, schimpfte Molly. »Lass Charley doch erst mal reinkommen! Wie sieht es in deinem Haus aus, Charley?«

»Viel besser, danke«, erwiderte Charley, während sie ihr Päckchen abstellte und auf die Lehne des Ledersofas sank. »Ich weiß wirklich nicht, wo Mason die ganzen Helfer gefunden hat. Er kann das unmöglich alles alleine geschafft haben – andererseits sind alle Handwerker auf Ravenstorm noch die ganzen nächsten Wochen ausgebucht. Der gute Mann ist mir ein echtes Rätsel. Stellt euch vor: Ich habe ein neues Dach, und die Fenster sind auch ausgetauscht. Es sieht super aus! Und ich kann auf jeden Fall wieder darin wohnen.«

»So etwas nennt man gute Nachbarschaft«, erwiderte Mason bescheiden. »Sehr gern geschehen, Miss Beaumont. So machen wir das auf Ravenstorm, nicht wahr?« Dann zwinkerte er Molly bedeutungsvoll zu und schloss leise die Tür hinter sich.

Aha, dachte die mit einem Grinsen. Deswegen war das Schlossdach gestern Nacht so verdächtig leer. Die Wasserspeier haben geholfen, Charleys Haus zu reparieren!

»Nur eins habe ich nie wiedergefunden: meinen Tintenfischtürklopfer.« Charley zuckte mit den Schultern. »Wahrscheinlich ist er kaputtgegangen und im Schutt gelandet. Na ja, dann besorge ich mir einfach einen neuen.«

»Vielleicht wollte er lieber im Meer leben«, meinte Jack, der heimlich auf das Paket schielte. »Ich glaube nicht, dass ein Tintenfisch gerne an der Tür von jemandem hängt.«

Arthur musste sich die Hand vor den Mund pressen, um ein Lachen zu unterdrücken. Molly schlug ihm sofort auf den Rücken, woraufhin sich der Heiterkeitsausbruch ihres Cousins in Husten verwandelte.

»Ach, übrigens, Charley«, sagte sie laut. »Wir haben ganz vergessen, dir die Schlüssel für dein Boot zurückzugeben. Hier!«

»Ah, danke, Molly.« Charley musterte sie und Arthur. »Keine Ahnung, was für Wetteruntersuchungen ihr da gemacht habt, aber so, wie es aufgeklart hat, müsst ihr Zauberer sein.«

»Ja«, seufzte Arthur. »Von jetzt an gibt es keine Unwetter mehr. Nur noch das Übliche, Nebel und Nieselregen.«

Molly grinste. »Wir haben einfach Glück.«

»Warum machen wir nicht endlich das Geschenk auf«, grummelte Jack.

Charley lachte. »Es ist kein Spielzeug, Jack, und es ist für euch alle. Ein kleines Dankeschön, dass ihr mich hier aufgenommen habt. Aber du kannst es ruhig aufmachen!«

Das musste sie Jack nicht zweimal sagen. Er riss das Geschenkpapier so hastig ab, dass die Fetzen nur so durch die Luft segelten, und als er den Deckel von der Schachtel zerrte, schnappte er nach Luft. »Ein Schiff!«

»Oh!«, rief Molly. »Es ist wunderschön!«

Es war die Miniatur einer Galeone, voll bemastet und getakelt und länger als Jacks Arme, was augenscheinlich wurde, als er versuchte, sie hochzuheben. Molly packte seine Hände und zog ihren kleinen Bruder sanft zurück.

»Halt, nicht anfassen, Jack! Du hast doch gehört, was Charley gesagt hat. Das da ist kein Spielzeug. Und es ist auch für Tante Catherine und Onkel Bill.«

»Was ist auch für uns?« Tante Catherine stand im Türrahmen und lächelte. »Oh, hallo, Charley, wie schön, Sie wiederzusehen.«

»Schau mal, Mum.« Arthur drehte das filigrane Schiff auf seinem Sockel. »Das hat Charley uns mitgebracht.«

»Du meine Güte«, hauchte Tante Catherine und berührte vorsichtig die winzigen Glasfenster, die eingerollten Seidensegel und die aufwendig bemalte Galionsfigur. »Das war doch nicht nötig, Charley. Es war uns ein Vergnügen, Sie hierzuhaben. Aber haben Sie vielen Dank! Es ist umwerfend.

Um 1890, würde ich schätzen?« Sie beugte sich vor, um den Rumpf genauer zu betrachten und in die kleine Heckkabine zu blicken.

»1880«, sagte Onkel Bill überzeugt, als er mit Harriet auf dem Arm neben sie trat. Er legte das schlafende Baby in seinen Stubenwagen. »Ich bin mit der Arbeit des Künstlers vertraut. Er ist auf dem Festland sehr bekannt. Was für ein großzügiges Geschenk, Charley!«

»Es war ja auch ziemlich großzügig von Ihnen, mich hier zu beherbergen.« Charley lächelte.

»Sie müssen unbedingt zum Tee bleiben«, sagte Tante Catherine. »Es gibt Karottenkuchen. Mit Glasur.«

»Ja!«, rief Jack und packte Charleys Hand, um sie in den Sessel zu drücken. Dann schnappte er sich ein paar Stifte. »Ich mal dir auch noch einen Tintenfisch. Weil dein Türklopfer weg ist.«

»Also … das wäre toll, Jack. Und ich bleibe sehr gerne zum Tee.« Charley lächelte. »Aber nur, wenn es nicht zu viele Umstände macht.«

»Der Tee ist schon fertig«, sagte eine neue Stimme.

Nancy zwinkerte Molly und Arthur zu, als sie mit dem Teetablett in den Händen das Wohnzimmer betrat. Von der Wasserspeierin in ihr war nichts mehr zu sehen: Ihre Wangen waren gerötet von der Hitze in der Küche, und ihr glänzendes rotes Haar war zu einem Pferdeschwanz zusammengebunden. Sie sah warm, elegant und vollkommen menschlich aus.

Im Moment zumindest, dachte Molly.

»Charley, das hier ist unsere neue Haushälterin Nancy«, sagte Onkel Bill. »Es hat sich herausgestellt, dass sie auch zum Haus gehört, genau wie Mason. Aber Sie waren im Urlaub, richtig, Nancy?«

»Genau«, sagte Nancy und lächelte Molly und Arthur verstohlen zu. »Ich war auf einer Kreuzfahrt.«

Molly unterdrückte ein Grinsen. »Der Kuchen sieht toll aus, Nancy.«

»Das freut mich. So, nun muss ich mich allerdings entschuldigen: Mason braucht Hilfe mit dem Efeu draußen vor den Erdgeschosszimmern. Er beschädigt die Fugen, deshalb müssen wir ihn entfernen. Rufen Sie einfach, wenn Sie irgendetwas möchten!«

Als Nancy sich mit einem Lächeln verabschiedet und die Bibliothek verlassen hatte, schüttelte Tante Catherine seufzend den Kopf. »Mason ist wirklich das sprichwörtliche stille Wasser, oder, Bill? Ich hatte keine Ahnung, dass er eine Frau hat. Wissen Sie, Charley, sie ist erst gestern aufgetaucht. Aus dem Nichts!«

»Ich glaube, er will sich bloß nicht in die Karten schauen lassen, Mum«, sagte Arthur ernst.

»Nancy scheint doch nett zu sein«, warf Charley ein.

»O ja, das ist sie«, riefen Arthur und Molly im Chor.

»Trotzdem, es gibt schon merkwürdige Paare.« Tante Catherine zog ratlos die Nase kraus. »Mason ist so ein sonderbarer Mensch – sehr in sich gekehrt –, und Nancy ist so hübsch …«

»Also wirklich, Mum.« Arthur verdrehte die Augen. »Ich glaube, die zwei haben ziemlich viel gemeinsam.«

»Ja, Liebling, da hast du bestimmt recht. Soll ich den Tee einschenken?«

Ein quengelnder Schrei unterbrach sie: Harriet war aufgewacht und ballte blinzelnd die kleinen Fäuste.

»Sieht aus, als sollte *ich* mich hierum kümmern«, sagte Onkel Bill und nahm Tante Catherine die Teekanne ab. »Und *du* kümmerst dich um Harriet …«

»Nicht nötig, Mum, ich mach das schon«, sagte Arthur.

»Wirklich? Das ist nett von dir, Arthur, vielen Dank. In letzter Zeit scheint sie sich gar nicht mehr von mir trösten zu lassen.« Tante Catherine klang müde und traurig, als sie auf das Sofa zurücksank.

Mit einem besorgten Blick auf ihre Tante ging Molly zu Arthur hinüber, der sich gerade über den Stubenwagen beugte und Harriet herausholte. Ihre Augen waren so fest zusammengekniffen wie ihre kleinen Fäuste, als sie in den Armen ihres großen Bruders weinte.

»Mum sagt, der Arzt macht sich überhaupt keine Sorgen«, berichtete er. »Wir sollen sie weiter beobachten, aber er hält das alles für relativ normal. Sie wächst einfach nur ein bisschen schneller als andere Babys.«

»Sie sieht trotzdem nicht sehr glücklich aus, oder?« Molly seufzte und kitzelte Harriets Füße, doch das Baby wand sich und wimmerte jämmerlich. Es schlug nach Mollys Hand, und seine Finger schlossen sich fest um Mollys. »Wow, Harriet entwickelt sich wirklich schnell. Normalerweise können Babys erst nach ein paar Monaten gezielt greifen.«

»Echt?« Arthur runzelte die Stirn.

Molly nickte. »Ja, Jack konnte erst mit drei Monaten Sachen festhalten. Ich weiß noch, dass er irgendwie Mums Zauberstab erwischt hat und ihn nicht wieder hergeben wollte. Er hat damit die ganze Zeit Dad geschlagen.«

»Wow, also wächst sie echt superschnell! Sie scheint ein kleines Genie zu sein! Komm schon, Schwesterchen, schenk uns ein Lächeln«, säuselte Arthur, während er mit Harriets winziger Hand spielte.

Widerwillig öffnete Harriet schließlich die Augen, und Arthur und Molly erschraken.

Als Molly Harriet das letzte Mal wach gesehen hatte, waren ihre Augen graublau gewesen. Jetzt nicht mehr: Die Iris leuchtete orange, und die Pupillen waren geschlitzt wie bei einer Katze.

»Was zur Hölle …?«, flüsterte Arthur. Er drückte seine Schwester noch enger an sich und drehte sich schnell um, damit seine Mutter sie nicht sah, falls sie zufällig herüberschaute. »Molly!«, zischte er. »Was ist mit meiner Schwester passiert?«

Molly schluckte und berührte Harriets weiche Wange. Sie fixierte Molly mit einem unnachgiebigen, gelborangen Starren.

»Ich will es nicht mal denken«, wisperte sie, »aber vielleicht … gibt es einen Grund, warum sie so schnell wächst.«

Die kleine Harriet kniff die Augen zusammen. Als sie sie wieder aufklappte, sah sie Molly und Arthur mit dem normalen, leicht unbestimmten Blick eines menschlichen Babys an, und ihre Augen strahlten wieder blau.

»Molly.« Arthur holte tief Luft und schluckte mühsam. »Wir haben uns das gerade nicht eingebildet, oder?«

»Nein.« Molly schüttelte beklommen den Kopf.

»Eins weiß ich«, murmelte Arthur. »Was auch immer mit Harriet los ist, es ist nicht normal!«

»Irgendwas Magisches passiert mit ihr.« Mollys Kehle fühlte sich trocken und wie zugeschnürt an. »Vielleicht was Schlimmes.«

»Ja«, stimmte Arthur ihr unglücklich zu. »Magie. Und was das bedeutet, ist klar, Molly.«

Molly nickte. »Dass nur wir ihr helfen können. Irgendwas auf Ravenstorm hat Harriet verzaubert, und wir müssen herausfinden, was und warum. Keine Angst, Harriet«, flüsterte sie dem zappelnden Baby auf Arthurs Arm zu. »Wir bringen das wieder in Ordnung!«

Bist du schon auf Mollys und Arthurs nächstes Abenteuer gespannt? Dann blättere schnell um …

LESEPROBE

Gillian Philip

Die Geheimnisse von Ravenstorm Island

Der Mondsteinturm

Ab Herbst 2016 im Buchhandel

KJB

Molly Cornell wischte ein Stück der beschlagenen Fensterscheibe frei und spähte hinaus. Nein, ein Wetterumschwung war in nächster Zeit wohl nicht zu erwarten. Der Regen rann immer noch die Fensterscheiben herab, und dunkle Wolken bedeckten den Himmel über Schloss Ravenstorm. Seufzend drehte sie sich zu ihrem Cousin Arthur um. Der versuchte gerade, seine kleine Schwester Harriet mit einem Stofftier-Drachen aufzuheitern.

»Eigentlich ändert sich das Wetter hier auf der Insel doch von jetzt auf gleich«, sagte Molly missmutig, »und nach einem Regentag scheint direkt wieder die Sonne. Nur in den letzten paar Tagen tut sich so gar nichts: Es wird einfach nur immer schlechter.«

Arthur blickte kurz auf und grinste. »Na, wenigstens bringt das miese Wetter uns jetzt keine Geisterpiraten mehr.«

Molly musste lachen. »Stimmt!«

Früher hätte Molly nie an Geisterpiraten oder magische Fabelwesen wie die Finsterflinks geglaubt, geschweige denn an lebendige Wasserspeier. Aber mittlerweile, dachte Molly mit leichtem Schaudern, kann mich auf dieser Insel nichts, wirklich gar nichts mehr überraschen …

Ein kleiner Spielball aus Stoff lag auf dem frisch gebohnerten Holzfußboden im Kinderzimmer. Molly hob ihn auf, ging damit zu Harriets Bettchen und schüttelte ihn leicht, wodurch das Glöckchen in seinem Inneren klingelte. Gelangweilt drehte Harriet ihr Köpfchen zu Molly, machte aber keine Anstalten, nach dem Ball zu greifen. Im Gegenteil: Sie krümmte ihre winzigen Fingerchen trotzig zu Fäusten und wandte ihre Aufmerksamkeit dann wieder Arthurs Plüsch-Drachen zu.

»Komm schon, kleine Harriet«, schmeichelte Arthur, »nun lach doch mal!« Obwohl er sich Mühe gab, konnte er nicht verbergen, dass er sich große Sorgen um seine kleine Schwester machte.

»Du machst das echt toll mit Harriet«, versicherte Molly ihrem Cousin und klang überzeugter, als sie es selbst war. »Ich glaube, Harriet beruhigt sich wirklich langsam.«

Seitdem Molly und Arthur zusammen die Ravenstorm-Kinder vor der rachsüchtigen Königin der Finsterflinks gerettet und gegen eine ganze Schiffsmannschaft Geisterpiraten gekämpft hatten, waren sie richtig gute Freunde. Molly hatte sich schon immer gewünscht, dass es wirkliche, echte Magie gäbe – und genau dieser Wunsch war hier auf der Insel in Erfüllung gegangen.

Dass Molly in ihren Sommerferien auf Schloss Ravenstorm neben aufregenden magischen Abenteuern auch noch eine kleine Cousine bekommen hatte – die kleine Harriet nämlich –, war mindestens genauso aufregend gewesen wie auf dem Rücken eines freundlichen Wasserspeiers zu fliegen.

Wenn wir unser Baby Harriet bloß irgendwie aufmuntern könnten, dachte Molly seufzend.

Genau in diesem Moment ertönte wutentbranntes Geschrei und der Plüsch-Drache flog in hohem Bogen aus dem Babybettchen. Molly konnte sich gerade noch rechtzeitig ducken. Harriet brüllte sich die Seele aus dem Leib.

»Ach, Harriet!« Arthur streckte die Hand nach seiner kleinen Schwester aus und streichelte sie, aber das Baby ließ sich nicht besänftigen, sondern heulte im Gegenteil nur noch lauter.

»O nein.« Molly und Arthur beugten sich mit besorgter Miene über die aufgebrachte kleine Harriet. Ihr Gesichtchen war puterrot angelaufen, während sie heftig mit den Ärmchen und Beinchen strampelte. Sie steigerte sich so sehr in ihren Zorn hinein, dass sie vor Anstrengung die Augen schließen musste und sich kleine Schweißperlen auf ihrer Stirn bildeten.

»Ich habe wirklich gedacht, du hättest es geschafft, sie zu beruhigen ...«, murmelte Molly enttäuscht.

»Ja, eine Sekunde lang«, erwiderte Arthur niedergeschlagen.

»Wenigstens hast du es versucht.« Molly hob den Drachen wieder auf und klopfte ihn vorsorglich ab, bevor sie ihn wieder in das Kinderbettchen zu ihrer kleinen Cousine legte. »Arme Harriet. Irgendwas stimmt nicht mit ihr.«

Arthur nickte traurig. »Das scheinen Mum und Dad auch zu befürchten«, sagte er. »Hast du die dunklen Schatten unter Mums Augen gesehen? Die reinsten Kohlegruben.«

»Ja, ich weiß. Die arme Tante Catherine … Onkel Bill sieht übrigens genauso erschöpft aus, finde ich. Glaubst du, das mit Harriets Weinerei wird bald besser?«

Arthur seufzte. »Sie schreit ja schon viel, seit sie auf der Welt ist, aber *so* quengelig war sie noch nie.«

Baby Harriet blinzelte und öffnete langsam die Lider. Das Blau der Iris hatte sich jetzt in ein leuchtendes Orange verwandelt.

»Oh!« Molly schlug die Hand vor den Mund und starrte ihre kleine Cousine entsetzt an. »Nicht schon wieder!«

Mit glühenden, weit aufgerissenen Augen funkelte das Baby sie an.

»Es passiert schon wieder«, flüsterte Arthur. »Genau wie neulich. Ich habe so sehr gehofft, dass das nur eine einmalige Sache war.«

Molly warf einen nervösen Blick zur Tür. »Wo sind deine Eltern?«

»Keine Sorge, die sind unten in ihrem Büro. Aber es ist nur eine Frage der Zeit, bis sie es auch sehen. Die beiden werden durchdrehen …«

Molly drückte besänftigend den Arm ihres Cousins. »Wir finden heraus, was mit ihr los ist, Arthur. Ganz bestimmt!«

»Es ist irgendwas Magisches, oder?« Arthur strich über Harriets weiches Babyhaar. »Das ist die einzige Erklärung,

Molly – jemand hat meine Schwester mit einem Fluch belegt!«

Und dieser Fluch wird anscheinend immer schlimmer, dachte Molly besorgt. Letztes Mal hat die Verwandlung ihrer Augen nur einen Moment angehalten, und sie sind sofort wieder blau geworden. Was, wenn sie diesmal so bleiben?

»Sind es nur ihre Augen? Oder hat sich sonst noch was verändert?«, fragte sie, während Arthur seine kleine Schwester untersuchte. Es hätte Molly nicht überrascht, wenn Harriet plötzlich auch noch ein schuppiger Schwanz gewachsen wäre.

»Nein, sonst nichts.« Arthur atmete erleichtert auf, und als Harriets Augen nach einem längeren Blinzeln wieder blau wurden, stieß er einen befreiten Seufzer auf. Dann wurde seine Miene jedoch wieder sorgenvoll. »Aber das ist schlimm genug!«

In diesem Augenblick kam Onkel Bill ins Zimmer und eilte auf das Babybettchen zu. »Kinder! Was ist los? Stimmt irgendwas nicht? Wir hören die arme Harriet bis nach unten schreien.«

Arthur und Molly wechselten einen erleichterten Blick. Das war knapp!

»Sie ist bestimmt nur müde, Dad!«, sagte Arthur. »Ihr wart doch mit ihr beim Arzt, oder?«

Onkel Bill nahm seine kleine vom Schreien erschöpfte Tochter auf den Arm und wiegte sie sanft. »Ja«, bestätigte er seufzend. »Wir wollten sichergehen, dass sie nicht krank ist. Aber es scheint alles in Ordnung zu sein mit ihr, hat Dr. Barnard gesagt.« Trotzdem lag ein beunruhigter Ton in seiner Stimme, und seine Hände zitterten leicht. »Sie ist einfach nur ein Schreikind, und sie wächst ein bisschen schneller als andere Babys. Das ist alles.«

Molly schaute Arthur an, während Onkel Bill mit Harriet zum Fenster hinüberging. Völlig normal … Vielleicht war es ganz gut, dass Dr. Barnard Harriets Katzenaugen nicht gesehen hatte.

Onkel Bill summte ein Kinderlied und versuchte, Harriet mit den Regentropfen abzulenken, die an der Fensterscheibe herunterrannen.

Molly stieß Arthur in die Seite. »Der Arzt könnte wahrscheinlich sowieso nichts ausrichten«, flüsterte sie. »Aber dein Dad sieht aus, als wäre er verrückt vor Sorge. Meinst du nicht, wir sollten ihm und Tante Catherine die Wahrheit sagen – über die Magie auf der Insel? Und dass wir befürchten …«

Arthur schüttelte energisch den Kopf. »Nein«, flüsterte er. »Sie würden uns niemals glauben. Und selbst wenn – was könnten sie dagegen tun? Sie haben ja nicht einmal ein Amulett, das sie vor böser Magie beschützt, so wie wir!«

Er strich behutsam über den perlweißen Stein, der an einem Lederband um seinen Hals hing. Molly trug genauso einen Talisman: einen glattgeschliffenen Stein, in den mit filigranen Linien ein schwarz gefärbter Rabe eingekerbt war.

Diese Zauberamulette hatte der geheimnisvolle Butler von Schloss Ravenstorm, Mason, ihnen geschenkt, noch bevor sie herausgefunden hatten, dass er eigentlich ein Wasserspeier war.

»Du hast recht, Arthur«, flüsterte Molly. »Deine Eltern haben keine Talismane. Womöglich bringen wir sie in Gefahr, wenn wir ihnen alles erzählen. Dann sind wir also auf uns allein gestellt – wie immer.«

»Was flüstert ihr beiden denn da?« Onkel Bill sprach selbst kaum lauter als Molly und Arthur. »Habt ihr etwa ein Geheimnis? Aber wie dem auch sei – ich bin froh, dass ihr so rücksichtsvoll und leise seid. Schaut nur!« Als er sich zu den beiden Kindern umwandte, sahen sie, dass Harriet in einen unruhigen Schlaf gefallen war.

»Endlich«, wisperte Arthur und betrachtete lächelnd seine kleine Schwester. Ihre Augenlider zuckten, aber sie schlief.

»Ich traue mich gar nicht, sie zurück in ihre Wiege zu legen. Ich nehme sie mit nach unten und setze mich mit ihr vor den Kamin im Wohnzimmer.« Mit einem müden, aber erleichterten Lächeln zwinkerte Onkel Bill ihnen zu. »Macht mir ja keinen Blödsinn, ihr zwei!«

Kaum hatte er das Zimmer verlassen, ließ Arthur sich mit einem Seufzer auf die Fensterbank plumpsen. »Was sollen wir nur tun, Molly? Was passiert da gerade mit Harriet? Sie hat das Schloss doch kaum verlassen, seitdem sie auf der Welt ist. Hier drin kann die Magie der Insel ihr doch nichts anhaben.«

Molly setzte sich zu ihm. »Okay, lass uns nachdenken. Sie kann nichts Magisches gegessen haben, oder?«

»Ich glaube nicht. Sie trinkt nur Milch.« Arthur runzelte die Stirn. »Sogar das erinnert mich an die Finsterflinks.«

Molly musste lächeln, als ihr wieder einfiel, wie sie den kleinen Finsterflink Baldrian mit einer Untertasse voll Milch in die Falle gelockt hatten. »Sag dir einfach, dass wir auch das Rätsel um die versteinerten Kinder gelöst haben, Arthur! Wir finden sicher bald heraus, was mit Harriet los ist.«

»Du glaubst aber nicht, dass …« Arthur kaute nervös auf seiner Unterlippe herum. »Es kann sie doch nichts gebissen haben, oder? Irgendeine magische Kreatur, die ins Schloss gekommen ist, meine ich?«

Molly schauderte, doch sie ließ sich nichts anmerken. »Bestimmt nicht«, versicherte sie ihrem Cousin. »Sie hat doch keine Bissspuren am Körper, oder?«

»Ich hab keine gesehen …«

»Dann bleibt uns nur noch eins übrig.« Molly sprang auf. »Wir fragen Mason und Nancy. Wenn jemand weiß, was mit Harriet passiert ist, dann die Wasserspeier. Schließlich ist es ihre Aufgabe, die Bewohner von Schloss Ravenstorm zu beschützen.«

Das taten die Wasserspeier des Schlosses seit jeher – auch Mason und Nancy, die von dem Hexenmeister und früheren Eigentümer des Schlosses Lord Trevarren in Wasserspeier verwandelt worden waren.

Arthur wirkte schon ein wenig zuversichtlicher, als er

ebenfalls aufstand. »Ja. Mason und Nancy! Die beiden kennen sich aus mit der Magie der Insel. Und mir geht's besser, wenn wir etwas unternehmen. Irgendetwas!«

»Na dann los. Schauen wir nach, ob sie in ihrer Wohnung sind.«

Molly und Arthur flitzten aus dem Kinderzimmer und die breite, elegante Haupttreppe hinunter. Als sie an einem der hohen Bleiglasfenster im Treppenhaus vorbeikamen, blieben sie kurz stehen und spähten durch den Regen zum Westteil des Schlosses. »Wenigstens müssen wir nicht mehr in den gruseligen alten Turm da«, sagte Molly. Ein leichter Grusel lag in ihrer Stimme und brachte Arthur zum Schmunzeln.

Mason hatte früher ganz oben im Turmzimmer gewohnt, Lord Trevarrens ehemaligem Studierzimmer. Seitdem die beiden Kinder Nancy aber vom Schiff der Geisterpiraten befreit hatten und Nancy zurück nach Schloss Ravenstorm gekommen war, waren die beiden Wasserspeier wieder ein glückliches Liebespaar und hatten sich ein neues Zuhause auf dem Anwesen gesucht: eine großzügige, helle Wohnung in der Nähe der Schlossküche, mit Blick über die weitläufigen Ländereien bis zum Kliff und dem Meereshorizont dahinter.

Wenn Mason und Nancy uns nicht helfen können, dachte Molly, wer dann? Sie holte tief Luft und klopfte an die hohe Eichentür. »Wir sind's bloß, Molly und Arthur!«, rief sie.

»Kommt rein, die Tür ist offen!«, tönte es fröhlich von drinnen.

Als Molly die Tür aufstieß, fiel ihr Blick auf Nancy, die vor einem großen Spiegel mit kunstvoll geschnitztem Rahmen saß und ihr langes rotes Haar bürstete. Sie wandte den Kopf zur Begrüßung und lächelte den beiden Kindern vergnügt zu.

Molly trat einen Schritt näher und bemerkte dabei, dass Nancy statt einer Bürste ein Schwämmchen in der Hand hielt. Immer wieder tauchte sie es in eine Dose Marmorpolitur und rieb sich damit sorgfältig die Haare ein. Die kupferroten Steinlocken schimmerten im trüben Tageslicht, das durch die hohen Erkerfenster hereinfiel, und ihre langen Fingernägel schimmerten wie Perlmutt. Nancy war im Moment nicht in ihrer Wasserspeiergestalt, sondern sah aus wie eine ganz normale Frau.

»Hallo, Kinder! Schön, euch zu sehen«, begrüßte sie Molly und Arthur.

»In der Tat«, sagte Mason und verbeugte sich leicht. Wie er da vor dem Fenster im Gegenlicht stand, wirkte er riesig und ein wenig furchteinflößend, aber als Molly genauer hinsah, bemerkte sie, dass er lächelte. Sein dunkler Anzug war tropfnass, und das feuchte Haar klebte ihm an der zerfurchten Stirn.

»Hallo, Mason«, sagte Arthur und grinste wissend. »Sie waren wieder draußen auf dem Dach, oder?«

»Und das bei dem Wetter.« Nancy verdrehte liebevoll die Augen. Als echte Wasserspeier verbrachten die beiden ihre Nächte lieber gemeinsam mit den anderen Wasserspeiern auf einem Dachsockel des Schlosses als in ihrem gemütlichen schmiedeeisernen Bett.

»Ihr seht besorgt aus.« Mason musterte die Kinder stirnrunzelnd. »Stimmt etwas nicht, Master Arthur?«

Arthur seufzte. »Es geht um Harriet.«

»Das arme Ding. Sie schreit heute ganz besonders viel, nicht wahr? Ist sie wieder krank?« Nancys Blick wurde ganz sanft. »Vielleicht hat sie Koliken.«

»Nein, die Sache ist die …« Arthur biss sich auf die Lippe. »Es gibt da etwas, das wir euch noch nicht erzählt haben.«

»Über die kleine Harriet? Was um Himmels Willen ist denn mit ihr?« Nancy sah die beiden Kinder erschrocken an.

»Irgendetwas Magisches.« Molly wurde rot.

»Und es ist jetzt schon zweimal passiert!« Auf einmal sprudelte die ganze schreckliche Geschichte mit den orangefarbenen Augen und den Katzenpupillen nur so aus Arthur heraus.

Während Nancy ihm zuhörte, wurde ihre Miene immer ernster. Als er zu Ende erzählt hatte, stand sie auf und nahm Arthurs Hände in ihre.

»Das ist ja fürchterlich. Katzenaugen, sagst du? Mit geschlitzten Pupillen?«

»Oje.« Mason legte Arthur mitfühlend eine Hand auf die Schulter. »Was für eine unerwartete Wendung.«

»Ja, und wie ich gesagte habe, ist die Iris orange«, fügte Arthur angespannt hinzu. »Grellorange.«

»Oh«, sagte Mason nur.

Nancy spitzte die Lippen. »Hm. Nicht gelb?« Sie dachte eine Weile nach. »Dann ist sie jedenfalls kein Werwolf.«

»Ein Werwolf?«, rief Arthur bestürzt.

»Nein, nein, mein Junge«, beruhigte Mason ihn. »Werwölfe haben gelbe Augen.«

»Na, dann ist ja alles gut.« Arthur sah ratlos aus.

»Aber was könnte es dann sein?«, fragte Molly. »Habt ihr vielleicht noch eine Idee?«

Mason zuckte mit den Schultern. »Was denkst du, Nancy? Ein Dämon?«

Nancy runzelte nachdenklich die Stirn. »Sind ihre Zehen geschuppt?«

»Ganz sicher nicht.« Arthur schüttelte den Kopf. »Ich habe sie heute Morgen noch gekitzelt, da waren nirgendwo Schuppen.«

»Kein Dämon also.« Mason grübelte. »Hm … Vielleicht hat ein Elf sie mit seinem Pfeil beschossen? Nein, ein Elfenpfeil hätte sie ja in einen Riesen verwandelt.« Schlagartig hellte sich seine Miene auf. »Vielleicht ist sie eine Meerjungfrau?«

Nancy zog die Augenbrauen zusammen. »Nein, Mason, wie sollte das denn gehen? Dann hätte sie doch Fischschuppen.«

»Mhm, stimmt. Eine Zauberschlange kann es auch nicht gewesen sein, denn nach einem Biss von ihr verfärbt sich die Haut grün, und das hätte Arthur bestimmt erwähnt.«

»Ja, ganz bestimmt!«, rief Arthur entsetzt.

»Wirklich, Mason …« Molly schüttelte sich. »Ihr macht uns echt Angst.«

»Nun ja, wir müssen eben alle Möglichkeiten durchgehen.«

»Vielleicht nicht alle, Liebling.« Nancy warf dem alten Butler einen warnenden Blick zu, und Molly fragte sich, was für Ungeheuer Mason bei seiner Aufzählung wohl auslassen sollte.

Mason seufzte und schüttelte den Kopf. »Ich fürchte, wir sind euch keine große Hilfe.«

»Hm.« Nancy kratzte sich nachdenklich am Kopf. »Womöglich wurde Harriet von einem ganz normalen Fluch getroffen?«

»Ist denn auf dieser Insel überhaupt irgendwas normal?«, fragte Arthur trocken.

»Oh!«, rief Molly plötzlich.

Die anderen blickten sie erstaunt an. »Was hast du, Molly?«, fragte Nancy.

»Mir ist gerade etwas eingefallen.« Molly schaute von einem zum anderen, und ein Funken Hoffnung stieg in ihr auf. »Wo wir gerade von Flüchen sprechen: Wir wissen, dass der Mann, dem Schloss Ravenstorm früher gehörte, ein Zauberer war – und wir wissen auch, dass Harriet das Schloss kaum verlassen hat, seitdem sie auf der Welt ist. Könnte es sein, dass auf dem Schloss selbst noch irgendein Fluch liegt? Und dass dieser Fluch nun auf Harriet lastet?«

Mason nickte langsam. »Gut möglich. Trevarren war ein sehr mächtiger Zauberer. Immerhin hat er mich und Nancy in Wasserspeier verwandelt.«

»Und selbst wenn es nicht die Überbleibsel seiner Zauberei sind, finden wir aber vielleicht irgendeinen anderen Hinweis im Schloss«, warf Arthur hoffnungsvoll ein. »Irgendwas, das Harriets Verwandlung erklären könnte.« Er dachte kurz nach und fügte dann hinzu: »Trevarren hat bestimmt auch einiges über die Magie der Insel gewusst. Und wahrscheinlich steht hier im Schloss noch alles Mögliche von ihm herum. Diese ganzen alten Truhen und Schränke zum Beispiel.«

»Da könntest du recht haben, Arthur!« Genau deswegen hatten Onkel Bill und Tante Catherine Schloss Ravenstorm ja auch gekauft, erinnerte Molly sich – weil sie gehofft hatten, wertvolle alte Möbel und Kunstgegenstände für ihr Antiquitätengeschäft unter den Einrichtungsgegenständen zu entdecken.

»Das ist auf jeden Fall ein guter Plan«, pflichtete Mason ihnen bei. »Ihr könntet eure Suche gleich in meiner alten Wohnung beginnen. Da oben sind noch viele Dinge aus Lord Trevarrens Nachlass.«

»Das ist nicht zu übersehen«, spottete Nancy liebevoll. »In Lord Trevarrens Arbeitszimmer liegen stapelweise alte Papiere und Akten herum, alles total verstaubt. Da braucht ihr allein einen ganzen Tag, nur um die Spinnweben wegzupusten.«

»Aber dort oder vielleicht auch in der Bibliothek finden wir bestimmt was«, sagte Molly. Sie brannte vor Tatendrang. »Lass uns gleich loslegen, Arthur. Je früher wir anfangen, desto eher sind wir fertig!«

Die beiden Kinder verabschiedeten sich hastig von den beiden Wasserspeiern und rannten durch den regennassen Garten zum Westflügel des Schlosses und dem unheimlichen Turm. Arthur drückte die eiserne Klinke herunter und stemmte sich gegen die schwere Tür.

Drinnen war es kühl und dunkel. Die enge Wendeltreppe, die zu Masons ehemaligem Reich führte, war immer noch dicht mit Spinnweben behangen. Arthurs und Mollys Schritte hallten gespenstisch auf den kalten Steinstufen, als sie nach oben stiegen.

»Lord Trevarren hatte echt ein Gespür für eine stimmungsvolle Einrichtung«, bemerkte Molly. »Ich sehe ihn förmlich vor mir, wie er hier oben bei Kerzenschein sitzt und seine Zauber spricht …«

»Aber echt«, sagte Arthur schaudernd, als er Masons altes Zimmer betrat. Seufzend musterte er einen scheußlichen Mahagonischrank, dessen Tür mit einer dämonisch grinsenden Fratze verziert war. »Na, dann fangen wir mal an.«

Versuchsweise zog Arthur an der Schublade einer alten Kommode. Die glitt sofort heraus und krachte auf den Boden. Ihr Inhalt – Kerzenstummel, fleckige Schreibfedern und bröckeliges Pergament – flog in alle Richtungen. Als der Staub sich wieder gelegt hatte, sagte Arthur mit hochgezogener Augenbraue: »Du hast recht, Molly. Je schneller wir diesen Kram durchgeschaut haben, desto eher sind wir hier wieder raus …«

Molly wandte ihre Aufmerksamkeit dem unheimlichen Fratzenschrank zu. »Der hier sieht gruselig genug aus, um ein Geheimnis zu bergen, findest du nicht auch? Vielleicht verrät er es uns.« Sie holte tief Luft und zog an den Türen. Mit einem unheilvollen Knarren schwangen sie auf und wirbelten Molly eine Wolke Staub ins Gesicht. Im Inneren befand sich eine Vielzahl winziger Schubladen, jede mit einem angelaufenen Messinggriff. Molly seufzte. »Na, das kann dauern.«

»Ich nehme mir den Stapel Koffer hier vor«, sagte Arthur, während er sich den Dreck von den Händen wischte.

Molly öffnete eine Minischublade nach der anderen. In der ersten lag ein kleines Säckchen, das mit einem Kordelzug verschnürt war. Als sie es öffnete, purzelten sieben alte, vergilbte Zähne in ihre Hand.

»Igitt!« Sie kippte sie schnell zurück, wischte sich die Hände an ihrer Jeans ab und nahm sich dann unerschrocken die nächste Schublade vor. Und auch noch die übernächste. Nacheinander stieß Molly auf ein Schlangenskelett, einen Satz Elfenbeinwürfel und getrocknete Blätter, die schon vom bloßen Ansehen zerbröselten.

Pass bloß auf, ermahnte sie sich selbst. Wenn du hier was Falsches anfasst, verwandelst du dich noch in einen Frosch!

Sie öffnete gerade eine empfindliche kleine Schriftrolle

und versuchte, die krakelige Schrift zu lesen, als Arthur aufgeregt rief: »Molly! Guck dir das mal an!«

Erleichtert, dass sie sich nicht mehr mit dem gruseligen alten Schrank befassen musste, legte Molly die Schriftrolle zurück und eilte zu ihrem Cousin hinüber. Arthur stand über einen Haufen alter Kleider gebeugt, der nach Mäusekot und Mottenkugeln roch. Offenbar hatte er die Klamotten aus dem gewaltigen Kleiderschrank gezerrt, der hinter ihm stand. Die Türen standen weit offen, ohne dass man jedoch erkennen konnte, was sich im Inneren des Schranks befand. Die beiden sahen nur Finsternis, wie ein pechschwarzer Schlund.

»Was für ein riesiger Kleiderschrank«, staunte Molly.

»Und schau, was ich darin gefunden habe!« Arthur stocherte mit dem Fuß in dem Klamottenberg. Ein kleiner Käfer kam herausgeflitzt und verschwand eilig hinter der Fußbodenleiste. »Das Zeug ist richtig alt. Und in dem Schrank gibt es noch mehr davon! Würde mich nicht wundern, wenn das alles Lord Trevarren gehört hat.« Er bückte sich und hob einen verbeulten Hut und einen mottenzerfressenen Seidenmantel auf.

Molly strich versonnen über den verblichenen Stoff. »Der muss früher wunderschön gewesen sein. Guck dir nur die Stickereien hier an. Und die zarte Spitze!«

Arthur rümpfte die Nase. »Das ist dann aber schon sehr, sehr lange her.« Er deutete auf ein anderes Kleidungsstück. »Siehst du den Umhang da? An dem fressen die Mäuse sich offensichtlich schon seit Jahrhunderten satt.«

Er zerrte den Umhang hervor und breitete ihn vorsichtig auf dem Boden aus. Der schwere blaue Samt war ganz verschlissen und voller Löcher.

Molly bückte sich, um Arthur zu helfen, die weiten Ärmel zu ordnen. »Lord Trevarren war ziemlich groß«, sagte sie und musste husten, als sie eine Staubwolke einatmete.

»Oder er hat den Saum hinter sich hergezogen«, meinte Arthur und richtete sich wieder auf. »Ich wette, er stand auf dramatische Auftritte. Schau dir nur mal diese Schuhe an!« Er drehte sich um und hob ein Paar perlenbestickte Samtpantoffeln auf, deren Spitzen nach oben gebogen waren.

»Die sind ja großartig.« Molly musste grinsen, als sie sich den stolzen Zauberer in diesem Aufzug vorstellte. »Ich frage mich, ob es tief in diesem Riesenschrank noch mehr davon gibt!«

»Viel Spaß beim Wühlen, wenn du keine Angst vor Mäusen hast. Da drin sieht man nicht mal die Hand vor Augen«, sagte Arthur.

Das ließ sich Molly nicht zwei Mal sagen. Mehr aufgeregt als ängstlich kletterte sie in den riesigen Kleiderschrank und tastete sich langsam voran. Arthur hatte recht gehabt: Kein einziger auch noch so schwacher Lichtstrahl durchdrang die Dunkelheit. Plötzlich blieb ihr Fuß an irgendetwas hängen. Sie stolperte und streckte die Hand aus, um sich abzustützen. »Vielleicht sollte ich einen von diesen Kerzenstummeln anzünden und – oh! Moment mal!«

Auf der glatten Schrankinnenwand hatte sie ganz deutlich

etwas gespürt: einen kleinen Schalter. Sie hielt den Atem an und tastete zwischen den Kleidungsstücken herum.

»Was ist los?« Arthur steckte neugierig den Kopf in den Schrank.

»Es fühlt sich an wie ein – jetzt!« Molly drückte ein bisschen fester und fühlte, wie die Schrankwand unter ihren Fingern zur Seite glitt. Die Luft in dem Hohlraum dahinter war noch kälter und muffiger als im Zimmer, und einen Augenblick lang glaubte sie, einen Atemzug an ihrer Hand zu spüren. Sei nicht albern!, dachte sie. Hier gibt es schon genug gruselige Sachen – du brauchst dir nicht auch noch welche einzubilden! Laut sagte sie: »Da ist ein Geheimfach, ganz sicher, Arthur! Ziemlich gut versteckt, aber definitiv ein Geheimfach.«

»Genial!« Arthurs Stimme überschlug sich fast vor Aufregung. »Ist irgendwas drin?«

»Warte kurz.« Molly befühlte den Hohlraum. Er war ziemlich groß und das Holz darin rau und unbehandelt. Plötzlich traf ihre Hand auf etwas Hartes, Viereckiges. »Eine Truhe!«, rief Molly begeistert. »Los, Arthur, hilf mir, sie rauszuholen!«

Arthur kletterte in den Schrank und half ihr, die schwere Truhe aus dem Versteck zu hieven. Die beiden kamen ordentlich ins Schwitzen, bis sie ihren Fund endlich auf dem Dielenboden abgestellt hatten. Die Truhe war ungefähr so lang wie Mollys Arm. Die glänzende, dunkle Oberfläche war mit einem Muster verziert, und der gewölbte Deckel mit Eisenbändern verschlossen.

»Das ist Rosenholz«, befand Arthur sachkundig, als er wieder zu Atem gekommen war. »Aus dem gleichen Holz ist auch der Schreibtisch meiner Mutter. Mann, ist die schwer!«

Molly fuhr mit der Hand über den glatten Deckel. »Arthur, das sieht aus wie eine Schatztruhe. Aber sie ist verschlossen. Was meinst du, sollen wir versuchen, sie aufzukriegen?«

»Selbst wenn da kein Schatz drin ist, muss es auf jeden Fall was Sehenswertes sein«, sagte Arthur. »Vielleicht finden wir ja was, das Harriet hilft. So gut, wie Lord Trevarren die Truhe versteckt hat, könnten es sogar seine Zauberbücher sein!«

»Oh!« Molly zog blitzschnell die Hand zurück. »Dann ist es möglicherweise gefährlich, sie anzufassen …«

Doch Arthur hatte sich schon einen schweren stählernen Brieföffner vom Schreibtisch geschnappt. Seine Augen leuchteten. »Finden wir es heraus!«

Die ganze Geschichte findest du im dritten Band der Ravenstorm-Serie – ab Herbst 2016 im Buchhandel!

Die englische Originalausgabe erschien 2016 unter dem Titel
Mysteries of Ravenstorm Island. The Secret of Moonstone Tower bei Orchard Books, London

ISBN 978-3-7373-5215-4